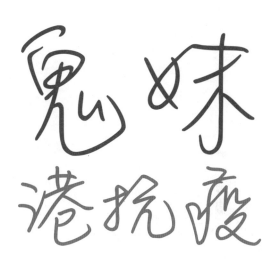

張雪婷 (Christine Cappio) 著

商務印書館

責任編輯　蔡柷音　黃振威

裝幀設計　趙穎珊

排　　版　肖　霞

印　　務　龍寶祺

鬼妹港抗疫

作　　者　張雪婷 (Christine Cappio)

譯　　者　湯曉沙

插　　圖　張雪婷 (Christine Cappio)

出　　版　商務印書館 (香港) 有限公司

　　　　　香港筲箕灣耀興道 3 號東滙廣場 8 樓

　　　　　http://www.commercialpress.com.hk

發　　行　香港聯合書刊物流有限公司

　　　　　香港新界荃灣德士古道 220-248 號荃灣工業中心 16 樓

印　　刷　美雅印刷製本有限公司

　　　　　九龍觀塘榮業街 6 號海濱工業大廈 4 樓 A 室

版　　次　2022 年 7 月第 1 版第 1 次印刷

　　　　　© 2022 商務印書館 (香港) 有限公司

　　　　　ISBN 978 962 07 4651 2

　　　　　Printed in Hong Kong

獻給

蒲劍和仁良

目錄

令人心情愉快的另類「病毒」

作者張雪婷透過她的彩繪描畫疫下的香港，其實這是一種百年傳統。自久以來人類遭逢瘟疫時，藝術創作往往是一種生存本能，是苦難中的一點甜。無論疫情發展如何，一張彩繪、一幅畫作或一首詩篇都會長存不朽。根據當代歷史學家在研究歷史檔案時所觀察，黑死病自1346 年開始席捲歐洲，藝術卻反而在這個時期蓬勃發展，藝術家的創作史無前例地增長。

作者深受香港和法國雙重文化的薰陶，讓她能從中西不同的角度，以有利的距離去看世界時事。她在新書內跟我們分享了一個充滿智慧的見解：新冠病毒攻擊的不僅是我們的身體，還有我們的靈魂，我們逐漸意識到疫情對心理健康同樣有着壞的影響。因此，張雪婷「醫生」通過香港在疫情下日常生活的寫照，為我們提供了一種強而有效的自然療法，就是：幽默和嘲諷。

我們還記得，中世紀的醫生戴着尖頭面具與瘟疫作戰，他們樣子奇怪，像長着鈎狀喙嘴的鳥。我們將來同樣也會記得，在香港那些被口罩遮蓋的面孔，讓我們都培養出不可思議的想像力，不需看嘴唇，單看眼角就能意會對方的微笑。

我們也記得在歐洲中世紀教堂裏以「死亡之舞」（Danse Macabre）為題材的壁畫，畫中的骷髏在節日氣氛中起舞。我們同樣會記得在新冠疫情下透過 Zoom 度過的生日派對，這種獨特而奇妙的慶祝模式，讓每個人都可以在屏幕前獨自舉杯敬酒或跳舞，一樣樂在其中。

我們又怎能忘記售賣五顏六色口罩的商店，在這城市遍地開花賺取豐厚利潤，又或者在超市裏非理性地搶購廁紙的人羣？

當荒謬闖入我們的生活，新冠疫情是一個讓我們重新審視自己的超現實時刻。

親愛的讀者，當你打開張雪婷在疫情下所作的日誌和彩繪時，要注意：它們會令你心情愉快地發出會心微笑，微笑和好心情是具高度感染性的「病毒」，目前尚未有有效的「疫苗」。

官明遠（Alexandre Giorgini）
法國駐港澳總領事

序二

香港的韌性

Christine 不是一位旁觀者：無論是談她在香港的生活經驗（《鬼妹港故事》），還是寫本地的街市及其文化（《鬼妹港街市》），她的文字總是有着一份投入、一定的溫度、一種感性。她看見市民在疫情底下搶購、囤積，會覺得搞笑，但對一些外來的意見、批評，又會不以為然，認為這似乎缺少了同理心，未能體諒於焦慮、種種壓力之下，百姓是如何在沒有百分百確定的資訊環境裏，找到一個平衡。

坦白説，如果在疫情之下，香港社會沒有發生搶購、「排大隊」、「爭入貨」、一窩蜂的人有我有、囤積，甚至炒賣，那才叫人覺得奇怪。香港人素來不是以「淡淡定」見稱；香港社會有它的「港式」神經質。搶購是會發生的，不過市面很快便回復「正常」。這是香港的韌性，看不懂這一點香港社會的特質的人，一定會「炒燶」口罩（因為

它們的價錢很快便回落），囤積過量退燒止痛藥。正如 Christine 所寫，在逆境裏香港人各施各法，不單只找到應對日常生活大變的方法（由培養在家烹調的興趣到更常到郊外遠足），而且還在感到失落的過程之中亦有新的體會、得着。

Christine 今回分享她的疫情體會，以文字和圖像創作導引讀者感受她的同理心、平常心。讀過她的書稿，內心感覺平靜——而我們都知道，已經兩年多的疫情容易令人感到疲累、繃緊，能夠將心情放鬆，保持積極態度，不是想像般的容易。

Christine 的三份書稿，我有幸先睹。上次我頗認真的問她何時完成「鬼妹」系列三步曲，她以為我在開玩笑，然後謙虛地説能寫的都已寫下來了，哪會有第三本書出版？現在事後看來，我預見三步曲成功出版，絕非戲言。

呂大樂

香港教育大學香港社會研究講座教授

自序

困境中的學習

2020 年 1 月，香港出現了首宗新型冠狀病毒病（簡稱「新冠病毒」，Covid-19）確診個案。多項社交距離措施開始實施，大幅改變人們的生活形態。我想沒有人能預見得到，一種肉眼不可見、科學家認為形似冠狀的病毒，令每一個人的日常發生如此翻天覆地的變化。

在疫情爆發初期的三個月，我每天都在焦急中等待最新感染數據的發佈，隨時密切關注疫情走勢，不知何時感染人數才能下降，何時我們才能回歸正常生活。疫情的起起伏伏也讓我們在政府收緊和放鬆管制之間搖擺，限制社交的措施令人際交往變得像個搖搖（溜溜球），似乎有隻無形的大手在拉線放線，決定人們彼此的接近或疏離。我感覺生活如同坐過山車一樣驚心，如果誰未曾有類似之感，那或許是另類的了。

這場世紀大流行病讓人時常感到孤立無援，人們擔心各種貨品突然供應短缺而慌如驚弓之鳥。很多人需要不斷進行核酸測試，那怕只是患者的一滴唾沫飛沫，都有可能傳染近距離接觸的人。城市中無所不在的排污系統，也成為讓人擔憂的源頭之一。

另一方面，新冠疫情讓我們見識到人性之至善與至惡。我們看到鄰里之間的友善互助，也看到市場上出現的劣質防護用品，以及諸多謠言欺詐，不顧他人的搶購囤貨。

居家不得外出的日子，感覺自己彷彿被一頭巨獸箝制，但我並未被打敗，默默關注與疫情相關的一切新聞，靜靜看着那些囤積廁紙的市民，以遠觀的心態再加以思考分析。病毒學家的新發現有時會讓我莞爾一笑，比如他們說這種病毒攻擊人類如同忍者的偷襲，它潛入人體，無聲地壯大，而人體免疫系統卻渾然不覺；但有時專家的言論也讓我大為驚恐，比如他們說病毒具有「黏性」，能在空氣中生存半小時，若附在物體表面比如塑膠上，可存活長達數日。還有報道警告，這種病毒不受溫度濕度影響，在溫暖環境中能存活，在低溫下的生存時間可能更長。

疫情初期，人們猜測這種病毒或許存在數月，後來，就連世界衛生組織（WHO）也確認人類將與新冠病毒長

與病毒共存的生活。

期共存。此觀點並未讓我感到吃驚，或許這便是人類的命運。既然人類要與之共存，那麼在封禁的日子裏，我更得好好安排自己的生活。我小心翼翼地對待這病毒，就如對待我那隻驕縱有潔癖的寵物貓一樣。我會儘量不去觸怒它，它愛潔淨，我就順着它意，戴口罩，勤洗手，遵守社交距離，我決心慢慢習慣這樣的生活。既然往者不可追，未來不可知，那我們就得學會過好當下。

　　疫情雖把人困在家裏，卻也令我終於擠出時間，將精力投入畫畫的興趣當中。我在網上報讀了一門繪畫課程，

透過實際的體驗來記錄這段特殊的時期，不讓光陰荒廢。期間，有關新冠病毒的報導仍是鋪天蓋地，但從中我也獲得一些靈感，不久後便構思了創作主題——「人在瘟疫下」。我會畫上一個不特意區分性別和種族的人體，在它周圍加上冠狀病毒和抽象化的時事新聞作「點綴」。幾日之後，我更向自己發起挑戰——接下來的 100 天，每天都要完成一幅畫作！雖然「隱世」生活漫漫，不過畫畫能讓我感到實在，可消除壓力，日子也變得不算難熬，我一邊創作這本視覺日記，一邊繪畫我的每日見聞，不知不覺間就完成了挑戰，以下是其中的一些作品。

　　本書製作之際，香港再度受到疫情全面侵襲，我亦重新回到嚴格的抗疫生活和繪畫世界中。只是這一次再拿起畫筆時，我希望能以較為愉悅的畫像，令新冠病毒這個嚴肅的話題變得稍為輕鬆。

網上繪畫課的其中一些創作。

 12.04.20

前言

新冠來襲，人心慌亂

　　2020 年 1 月 23 日香港首次出現了類似「非典 SARS」的病例。我記得在元旦前夕一位醫生朋友曾提到中國內地在此之前已有相同病例，但這並未引起我特別的關注，也完全想不到他所說的那種病毒會從此改變我們的生活。然而當香港陸續出現其他感染病例，我便不得不去關注這種形似皇冠的病毒。兩天之後，也就是農曆鼠年的第一天，香港似乎街頭巷尾都開始談論冠狀病毒及其引起的病徵了。沒過多久世界衛生組織將其正式命名為 Covid-19（中文名稱則為新型冠狀病毒病）。法語怎麼表達此新詞呢？一向致力保護和推廣優良法語傳統的法蘭西學術院（The French Academy）認為 Covid-19 是陰性名詞，因為「疾病」一詞在法語裏為陰性，依此推論，Covid-19 也應當被稱作 "la Covid-19"。這一決定讓很多不諳法語深層規則的人感到困惑，但很多法國人依然按習慣將這一病名視為陽性名詞，稱其為 "le Covid-19"。

法蘭西學術院認為新型冠狀病毒病在法語中屬陰性名詞。

疫情新詞彙

　　與此同時，很多圍繞新冠的新詞也出現了。某天，我在法國的一位朋友發資訊說她要照顧她的 "covidé"。我一頭霧水，後來才知道 "covidé" 是指她那位感染了新冠病毒的丈夫。又如 "covexit" 是指那些讓人們慢慢「脫離」新冠束縛的措施；那些因社交限制而被迫轉戰至網上的交流就被稱為 "covideo-parties"；那些不顧限制措施，依然冒險聚集的人則被謔稱為 "covidiot"。同時，「口罩」、「消毒」、「感染」、「大流行病」、「個人防護設備」、「居家辦公」等詞彙幾乎每天都出現在香港的頭條新聞中。還有諸如「社交距離」、「通風設備」、「隔離」、「無症狀感染」、「輸入病例」、「隱形傳播」、「飛沫傳播」、「污水管道」、「隔離牀位」、「突擊封鎖」、「強制檢測」和「無法追蹤源頭」等詞彙也迅速加入成為 Covid-19 詞彙表，我很快習慣了這些新術語。然而幾個月以後，病毒又變異了，於是專家又開始討論變種、菌株，感覺就像置身於科幻電影或電玩遊戲中。我希望有一位超級英雄出現，把這些變種病毒全部消滅，然後在勝利中呼喊「遊戲結束」（game over）！

很多國家都製作了教育短片或是歌曲，告訴人們如何用正確方法洗手，如何使用含有酒精的消毒液，以及咳嗽打噴嚏得用手肘或紙巾掩着口鼻，防止病毒傳播。這些短片還會依照各國受眾的喜好，短片拍得或是藝術，或是逗趣。我聽過越南和新加坡為此創作的歌曲，香港地區若是有類似的教育歌曲就好了。

流言與炒作

有商家借勢推銷，利用人們對新冠病毒的關注來促銷商品。猶記得曾讀到一家零售店將 Corona Beer 和 Mort Subite Beer 一起促銷，廣告詞取了這兩款啤酒的英文諧音，聽起來就像是「暢飲新冠兩瓶，死亡接踵而至」！我把這廣告轉發給我不熟悉啤酒品牌的朋友，她們以為 Corona 啤酒是疫情期間才出現的新品牌，不明白為何生產商要給啤酒取這樣的名字。我早已知道這款啤酒，但不知道 Mort Subite 啤酒。類似的廣告會讓我們會心一笑，然而那些在餐廳酒吧工作的人，在疫情期間難以維持生意，恐怕他們對這一類笑話難有共鳴。不過估計葡萄酒販售商受到的影響可能相對較少，有飲葡萄酒習慣的人相信

還是會將酒買回家享用的。

當時社交媒體上還廣為流傳一封據説是法國 17 世紀文學家塞維涅夫人（Madame de Sévigné）寫給她的女兒格里尼昂伯爵夫人（Countess of Grignan）的信，看過後我幾乎信以為真。塞維涅夫人在信中描述了 1687 年因瘟疫而封城的巴黎，以及在凡爾賽宮裏的人們為防止病毒傳播而戴上了奇怪的口罩。事實上，在 16、17 世紀，巴黎多次經歷疫症，但這封家書卻被認為是杜撰的。我們這些被其蒙騙的人，是不是可以被稱作 "covidupe"（新冠傻瓜）？

除卻這些無關痛癢的戲謔、杜撰，這詭謫的病毒還衍生了林林總總的陰謀論。社交媒體上很多人認為這乖張病毒是人為製造的，目的是轉移人們的注意力，不再關注日常生活中更為嚴肅重要的話題。像「5G 網絡傳播了病毒」這種沒有任何根據的謠言都在網絡充斥，這些謠言就像是資訊流行病（infodemic），和新冠病毒一樣在人羣中快速傳播。許多沒有事實依據的治病偏方更是層出不窮，從鹽水洗鼻，到口服消毒酒精或漂白水等。某位前總統建議直接注射消毒液來殺死病毒，如果這些方法真會奏效，那麼病人直接照射太陽的紫外線也不失為妙方。雖然這位前總

街頭公告員大喊：「漱口吧！沖走所有病菌！」

統的言論引起醫學界的羣攻，但不具醫學背景的人依然熱衷於各類另類的「治療」方法，有人甚至說喝辣椒湯能殺毒。許多人儼如過去那種站在廣場上宣佈政策的街頭公告員（town crier），只是現在他們的場地從廣場變成了社交媒體平台。每一波疫情來襲時，這些人可忙透了。

我的一位遠房表親感染了新冠，症狀非常明顯，但他不作檢測，也拒絕就醫，卻自稱喝威士忌酒病癒。我既不知他喝了多少杯，也不知他用了多少天痊癒。這聽起來如無稽之談，着實讓人忍俊不禁，但卻不應效法。

很多商家抓住人們急切想要擺脫疫情的心態，大肆進行商業炒作。一家韓國奶製品公司宣稱他們生產的乳酪可以遏制新冠，借此抬高公司股價。消費者越來越注重健康飲食和提高免疫力，各種相應的食品大量熱銷。當我聽說維他命 D 可以抗擊新冠，便開始每天服用一片。其實我知道它沒有那麼大的威力，但至少對提高免疫力會有幫助。同樣，我相信中醫會有些作用，喝過幾次由西洋參、金銀花、連翹、甘草根、薄荷，以及一些像我這樣的外行從未聽過卻有抗菌特性的藥材配成的藥湯。這種藥湯以棕黃色的藥粉加熱水調成，如果威士忌「真的」對預防和治療新冠有效的話，我是絕對不會嘗試那些苦澀的中藥。

1

沒有口罩別離家

最讓人敬佩的是那些清潔、維修、園藝工人和保安人員，他們長時間戴着口罩，一天工作下來，臉上都被口罩帶勒出紅印。他們為這個城市默默付出。

口罩：從供不應求到講究時尚

2020 鼠年將至時，我按傳統習俗為農曆新年作準備。我買了寓意吉祥如意的花，全盒裏裝滿糖果款待即將到來拜年的客人。在家門上貼好了揮春，大掃除完畢，我還去髮廊理髮，做好了所有送舊迎新的準備。大年初二我們到灣仔去跟丈夫的家人拜年。途經駱克道，看到好些人像我們一樣戴着口罩，此前還沒有太多人戴口罩，讓我們都感到有點驚訝。農曆新年結束，仍然沒有聽到新冠病毒消亡的資訊，於是越來越多人開始戴口罩，口罩的貨源亦因此變得非常短缺。其實早在香港發現首宗病例之前，口罩便已經供不應求了。很多居民不得不徹夜露宿街頭排隊購買。同時香港政府也急需購入各種防護設備。澳門的疫情雖然跟香港一樣緊張，但其政府想到從葡萄牙進口口罩。後來得知，澳門從葡萄牙購買了 2,000 萬個口罩，讓民眾不必擔心口罩短缺。

當時香港的口罩價格瞬間翻了三番，很多店舖只准每人限購兩盒。報導説旺角一家商店竟然將口罩提價到平時的 10 倍！我還從電視裏看到人們排隊數小時等候商店開門，有些地方隊伍長達四公里，香港人排隊的耐心實在令人佩服。不光為了口罩，他們平時會為新開的珍珠奶茶店或是新發佈的數碼產品排隊。我見過最長的隊是九十年代麥當勞門外的隊伍，人們不吝嗇時間排隊，就為了獲得一份隨餐附送的塑膠小玩具。我想這些小玩意現在應該具有很大的收藏價值了吧！

一方面我們面臨口罩緊缺，從另一方面看，這種短缺卻觸發了很多創意。比如社交媒體流傳一張照片，一位內地男子用柚子皮當口罩，還有人在口罩裏加了一層內褲襯墊，不知道這樣是否防護效果更好？還有人居然想到用胸罩當口罩，不過最滑稽的還是直接在頭上套一個塑膠瓶子。

口罩的供不應求讓一些無良商人覺得有利可圖。2020 年 2 月，一位朋友託我聯繫一位貨運代理，據説該代理在法國。朋友通過他從波蘭訂購了一批口罩，想查詢收貨詳情。朋友早已全額付款，然而這個所謂身在法國的代理卻不會説法語，還要求朋友再支付 2,500 歐元的報關

費才發貨。雖然他聲稱事後可以退還報關費，但顯然這是一個騙局，所謂代理公司根本不存在。更令我驚訝的是這個「代理」被我識破之後，依然表現得淡定自如，即使我警告他會報案，他也指無所謂。花費了幾百元港幣的電話費和這樣一個騙子周旋，實在讓我覺得太不值得，我更為朋友的損失難過。在口罩短缺的日子，恐怕類似的騙局例子便有很多，還未説市面上有不少偽劣口罩。

香港人的應變能力

春節前在海外的港人爭先恐後郵寄口罩給香港親友，但郵政和貨運卻因假期延遲。春節過後，香港郵政需要臨時僱用額外員工來分發積壓的口罩包裹，郵局內長期都堆滿人。幸好當時我還有一些口罩，但那些都是「非典」時期留存下來的了。那時香港也是「一罩難求」，父母便從法國寄了幾箱給我們。當這些箱子飄洋過海到達香港時，「非典」已經結束，但我還是一直留着它們。誰也不會料到，當年的「救濟品」在 17 年後的另一場疫情中再次派上用場，我很慶幸不用去排隊買口罩。朋友調侃説我在很多方面比香港本地人還地道，但在排隊這件事上，我連半個香港人都不是。

新冠疫情爆發初期，我提醒在法國的親友準備一些口罩，但他們對此全不上心，他們怎麼會想到，這會是一場影響全球的疫病？隨着疫情蔓延，世界各地對口罩防護功能的有效性出現了不同的觀點，一些國家認為口罩的作用微乎其微。這樣的觀點似乎可以緩解人們對口罩短缺的恐慌，但這些政府應當找到更有效的防疫方式，而不是避重就輕，在抗疫時摻和政治考慮。

口罩供不應求迫使人們想出各種點子將其重複使用。比如用微波爐加熱醫用口罩作清潔，還有人建議用肥皂水清洗、曬乾並熨燙。至於 N95 口罩則聲稱可以用蒸汽薰蒸 10 到 20 分鐘。當人們這樣「清潔」口罩時，在微觀世界中的冠狀病毒會在肥皂水裏暢遊，或是裹着毛巾彷彿在桑拿房酣暢淋漓嗎？我腦海中不禁浮現這些奇異畫面。

很多本地工廠因應社會需求，陸續在世界各地尋找口罩的原材料，開始在香港生產口罩。漸漸無論在藥房、超市，甚至自動售賣機都可以買到口罩，當然網上也能輕易買到。同時香港還出現了很多專門賣口罩等防護用品的實體店，大家都知道香港的房租舖租之高屬世界之最，能在這樣寸金尺土的地方開店，可見大家對口罩的需求有多大了。

蒸口罩？！

後來香港終於有了充足的口罩貨源，便到香港人救濟海外的親友了，於是我們又看到長長的隊伍在郵局外。我的一些香港朋友選擇快遞方式寄出，雖然價格不菲，但速度和效率才是他們看重的，這也是香港人備受稱讚的特質。

市面上有一些塑膠防護面罩，此透明面罩像醫院裏看護新冠病人的醫護人員的裝備。很多人為了保險，還會加戴一副護目鏡。至於我，則是從 Omicron 出現之後才開始這般全副「武裝」。此套裝備是一位重視健康的朋友給我的，以抵禦這傳染力極強的變種病毒。

理想的口罩

香港人對時尚的追求也體現在口罩上，他們講究口罩的式樣和顏色，要和整體穿搭相配。一些奢侈時裝品牌隨即推出富有設計感的口罩，價格高昂，但銷量不錯。時尚達人正好把往日用來旅遊、外出就餐的開銷都投放在名牌口罩上，似乎彰顯着就算疫情改變了生活，卻不能阻止他們對時尚的追求。還有更別出心裁者將口罩加上發光裝置，這些人應該是熱衷於各種聚會派對的吧。在絕大

多數人都遵守社交距離時，很難想像還有人戴着發光口罩「奔赴」各種聚會。或許他們只是參加「新冠網上聚會」（covideo-parties）？若真是如此，那我便安心。看着自己和對方在熒幕裏閃爍的臉會不會很有趣呢？市面上還有專門為留鬍子人士設計的口罩，以及為歌手和管樂演奏者設計的口罩，其特殊設計讓聲音依然能清晰傳出。還有為聾啞人士設計的口罩，口罩的嘴唇部位是透明材質，以便對方讀唇。一些電視節目主持人的口罩有着閃耀的折痕，遠看像鑽石。

2021 年春節，我收到了印有祥牛圖案的口罩，這真是一份「異常」的禮物。賀歲禮物從蘿蔔糕變成了口罩，不能不說是一種反諷。逢年過節的家庭聚會上，年輕人經常被家裏長輩問到是否有了男女朋友，甚至被催婚，被煩擾的年輕人現在則戴上了印有類似「我沒有男 / 女朋友！」或是「今年不結婚！」字樣的口罩，直截了當表明了自己的態度。許多公司也將口罩和防護產品作為過年禮物贈予員工。另外還有一些附加產品，比如防口氣的呼吸帶；修復受損皮膚的貼片，可改善因長期戴口罩而在臉上長出的紅疹或粉刺；防止眼鏡起霧的噴霧或擦拭鏡片的擦布，以及貼在口罩內散發香味的磁石都頗受歡迎。我通常

戴的是最普通的口罩，有時會在口罩上噴一點香水。

　　不過，我心目中理想的口罩還未問世。這種口罩可以在接觸病毒時發亮，口罩內的病菌感應器隨即啟動，將資訊發送給一批早已待命的機器人，它們馬上出動替戴口罩的人及其周遭消毒。寫至此時，我剛好讀到科學家已經着手研究這種智能口罩了。很多高科技公司也在急趕研發具備不同功能的新型智慧口罩，比如可安裝翻譯功能 App（流動應用程式）的；或是可以檢測體溫和心跳，甚至淨化空氣的。我倒是希望有朝一日能訂製個人化口罩，比如我們可以選擇完全與臉型吻合且沒有耳掛的口罩，這樣戴口罩會舒服很多。而且這種口罩應該可以重複使用，只需要更換濾芯，減少環境污染。

善心機構和人士為低收入者送上飯盒和口罩。

戴口罩讓人安心

　　新冠疫情之前，人們若是看到戴口罩的人都會有些懼怕，儘量避而遠之。一是怕這些人患有傳染病，二則怕此人從事不法勾當，才遮住口鼻躲避執法人員追查。對香港人來說，口罩還有一層讓人心生畏懼的原因，便是它似乎重現 "SARS" 場景，讓人回想起那年的經濟蕭條，還有那 299 條因 SARS 病毒逝去的生命。不過當香港首次出現新冠病例，街上行人再次戴上口罩時，我的感覺變了。遇到戴口罩的人我不再覺得彆扭，反而是不戴口罩的人讓我心驚。

　　疫情初期有人戴着 N95 口罩或是可替換濾芯的口罩，甚至有人戴着防毒面具。後來戴口罩成了強制規定，人羣中望去一片片藍色或白色的小方塊，像一張張手帕掛在臉上。口罩的形狀像鳥喙，或如狗的嘴套。有時一些醫用口罩太貼面，說話時都會把口罩吸進嘴裏，讓戴口罩的

人看着像是襪子木偶。有些人則把口罩戴得太高,甚至抵到下眼瞼。還有些人戴兩層口罩,一層醫用,外加一層布口罩。我不知道這是為了加倍防護還是為了美觀,畢竟布口罩花色多樣,可以和衣服搭配。一些父母會給小孩的口罩繫上鏈子,防止口罩掉落。最可愛還是那些戴着口罩的兩三歲小朋友。港鐵和巴士上常見到這些孩子,雖然戴口罩一定不舒服,但他們都沒有抱怨,值得讚賞。有些小朋友戴着口罩在車上熟睡,小臉蛋配着卡通口罩,是很甜美的畫面。當然也有驚悚的畫面,在黑夜裏的行人看手機,手機的光照在戴口罩的臉上,看上去就像鬼魂。

忘記戴口罩

每次外出便要戴上口罩,這也得花上一段時間我才適應。好幾次因為忘記帶口罩出外而不得不回家拿,所以現在我的手提包和汽車裏都各放一個備用口罩。我還想過是不是應該在家門上貼一張 1975 年美國運通卡的廣告詞「沒有它,別離家。」(Don't Leave Home Without It.)來提醒自己。印象最深的是有一次外出忘記戴口罩,但自己居然完全沒意識到。那天我開車去港鐵站,泊車後還想着

哎呀，忘了戴口罩！

下車時要戴上口罩，最後卻忘了。在港鐵車廂內，過了三個站才發現自己沒戴口罩。我那時忙着看手機，也沒注意周圍的人怎麼看我。難道他們因為我是個鬼妹而不知道如何提醒我？我又怎麼會連車站提醒乘客戴口罩的廣播都沒聽到呢？港鐵站裏會聽到用粵語、普通話和英文播放安全提示和報站通知，但可能這些提示我早已習以為常，把它們當成了沒有意義的「耳邊風」。意識到自己沒戴口罩後，我立刻從手提包拿出口罩戴上。

每當香港到了涼爽的季節，我和仁常常會到離島走走。疫情改變了我們，我們開始對從前不太留意的路人心生戒備。比如在中環碼頭等船時，會刻意遠離正在吃東西的人。這當然是擔心吃東西時難免濺出可能有傳染性的唾沫，很多安全提示也要人們避免多人就餐。疫情以前，買好船票後我們會儘早進入候船大廳，這樣船一到達，我們可以馬上登船找個好位子。但現在，我們為了與其他乘客保持距離，會儘量等到最後一刻才通過旋轉門進入候船大廳。行山時常見到不戴口罩的人，三五成羣，雖然他們有可能來自同一個家庭，但我仍希望他們能多為他人着想。而且他們不戴口罩很容易被熟人認出，他們的朋友也會覺得不戴口罩過於輕率吧。我們則是口罩、墨鏡、遮陽帽一樣不少。

沒戴口罩的跑步客

我們有時會在吐露港沿岸的海濱長廊散步，但那裏跑步客甚多，他們近距離急促地呼吸讓我很不舒服，我似乎都能感覺到他們的唾沫落到我的衣服上。另外，大圍到大美督有約 22 公里的單車徑，那裏有很多騎行者沒戴口罩。他們有些專業得像是準備參加環法單車賽，有些則純屬業餘。不管怎樣，只要他們保持在指定車徑上，不要騎到行人道上，我就覺得安全了。

在健身室內，我時常不理解有些人為何進門時還戴着口罩，之後便將其摘掉折好放進短褲口袋，然後開始各種器械操練。有些人雖然戴着口罩鍛煉，但咳嗽、打噴嚏時卻用手捂住口罩外面，完事後又去抓握各種健身器械。更惱人的是那些口罩戴在鼻子下面甚至乾脆掛在下巴下的人，他們可能是反對戴口罩的，於是想通過這種方式來表達意見。但他們應該感到慶幸，正正因為絕大多數人都遵守戴口罩的規定，所以香港的感染率一直很低，他們才有機會繼續正常生活。其實有很多人像我一樣，對這些把戴口罩當兒戲的人感到憤怒。還有些人跟別人打招呼時會特意除下口罩，他們或許覺得這樣才顯得禮貌，但這太讓人害怕了。有次我們外出用餐時，有人除下口罩，走過來和我們說話。或許他怕戴了口罩我們認不出他，還是怕我們聽不清楚他的說話？

在戴口罩這件事上，我自己嚴格遵守規定，也很在意別人是否同樣那樣做。可能是我太過在意，我竟然曾經夢到自己提醒兩位不戴口罩在聊天的女士要為他人安全着想。我覺得自己可以當個「新冠督察」了，毫無疑問我一定能勝任這份「工作」。

「新冠督察」

與口罩共存

　　雖然口罩具有防護作用，但也給人們帶來很多困擾，還造成環境污染。

　　疫情初期人們不是抱怨口罩掛耳帶太短勒緊耳朵，就是帶子太長口罩總是滑落。後來有人推陳出新，設計出可調節長度的掛耳帶，可以在頭上繫帶的口罩，又或者可拆去的加長裝置。香港地區有很多從印尼來的穆斯林家庭女傭，這些新設計便不會影響她們戴頭巾。改良後的口罩還有 3D 立體設計，擴展口罩內部的空間，方便呼吸，這樣塗唇膏的女士便不用擔心唇色被口罩抹成一片亂紅。最初我也覺得口罩掛耳帶太長，但我沒有等這些改良設計面世，自己將帶子交叉佩戴並繫一個結來縮短長度。很多 DIY 愛好者自製口罩加上緊固配件，戴上口罩時更舒服。改良口罩還有可變形的鼻樑軟條，貼合佩戴者的鼻樑高度。有些人用夾子夾緊鼻樑條，使口罩頂部的縫隙閉合，

這樣恐怕任何飛沫都無空隙可鑽進了。

　　雖然我不常外出因此不用一直戴口罩，但香港的夏天悶熱潮濕，即使短時間戴着口罩也極不舒服，很難呼吸。在有冷氣地方同時戴着口罩和眼鏡亦造成很多不便，每次呼氣眼鏡便起霧氣，這樣一來，我連貨物的標籤都沒法看清楚了。雖然市面有售賣眼鏡防霧噴霧，但我一直沒有買。唯一讓我感到舒適的戴口罩時刻就是當氣溫降到攝氏 10 度以下，因為可以同時保暖。好幾次我都想乾脆不戴口罩算了，但那時我都會想起晚飯後和仁在校園散步看到的那些小孩，他們在濕熱的天氣下仍然戴着口罩追逐嬉戲，不知道他們的父母有何法寶令小孩自覺乖乖戴着口罩？

　　我覺得最讓人敬佩的是那些清潔、維修、園藝工人和保安人員，他們長時間戴着口罩，一天工作下來，臉上都被口罩帶勒出紅印。他們為這個城市默默付出，保持周遭環境清潔，我心存感激。經歷了整整兩年與口罩共存的生活，人們無一不在盼望能夠早日擺脫疫情，摘下口罩。不過衛生專家針對第五波疫情提出的建議卻是要我們「加碼」——建議佩戴雙層口罩，以獲得更強的保護力來抗衡 Omicron 的超強傳染性。多了一層口罩難免使人感到

更悶熱，可幸香港二月和三月的天氣仍舊涼爽，不適的程度還在可接受範圍內。我無法想像，若到了熱氣騰騰的夏季，我們仍須戴着兩個口罩，如何能呼吸順暢？希望這棘手的 Omicron 病毒能在夏天到來之前就消失吧！

戴上口罩再配上墨鏡，對不想暴露身份的人來說或許是有效的裝束，但口罩顯然也阻礙了人與人之間的交流，因為看不到對方的表情，我們需要多花些精力來猜測對方真正想表達的意思。從講者的眼神和被口罩遮住的面部肌肉的震動來揣摩對方的意思，這或許是新冠疫情迫使我們習練的新技能吧。口罩下俊男靚女的臉龐都被遮住，有些人便說如今看不出女人的美醜，大家都一概美麗。這雖是笑話，但對女性來說卻不是讚美，即使口罩的確能遮瑕蓋斑。現在那些喜愛打量和批評別人的人又多了一份消遣，可以在腦海裏自由幻想別人口罩下的臉龐。而我則在想何時才能看到街上各人真正的笑臉，現在只能在人海中尋找印有笑臉圖案的口罩了。

美麗的想像

保護環境與防護病毒

我常會想這些一次性口罩最終去了哪裏？數以噸計的口罩被丟棄，海灘邊、山路上都能見到它們的蹤影。我想可能是有些人在疫情之前很少到郊外離島，不知道那些地方的垃圾桶很少，便將口罩隨地棄之。他們應該隨身準備一個垃圾袋，把廢棄物裝起並帶走。我也曾經想過使用布料口罩，但沒有實行，只有晚上在幾乎無人的校園散步時，才戴上布口罩。疫情中期香港政府為居民提供布口罩，大家只需在網上提交申請，10 天之後便可拿到。這種口罩聲稱可以經受 60 次洗滌，但其淺色條紋設計和多層布料的樣式看起來像女士內衣，我都不太好意思使用。

雖然我希望大家都能盡可能減少環境污染，但一次性醫用口罩的防護作用確實比布口罩好，尤其在香港這樣人口密度高的城市內。或許有一天我們會找到循環利用廢棄口罩的辦法，比如將其消毒並壓縮成可用於雕塑甚至建築的新型材料。現在我們不知道一個口罩戴了多長時間以後會失去其保護效力，如果可以發明出自動檢測其有效性的裝置，比如防護力失效了的口罩會自動變成另一種顏色，提醒人們更換，那對環境的污染也會大大減少。

我丈夫仁在環保方面也貢獻了自己的一分力量。他儘可能將實體會議改為以視像進行，大部分時間獨立工作，午飯時間他會把早上使用的口罩掛在我家門廳的木質泰國女像的手上，那裏通風良好。下午回辦公室時，便從女像手中拿回口罩。這尊女像終於找到了她的存在意義。

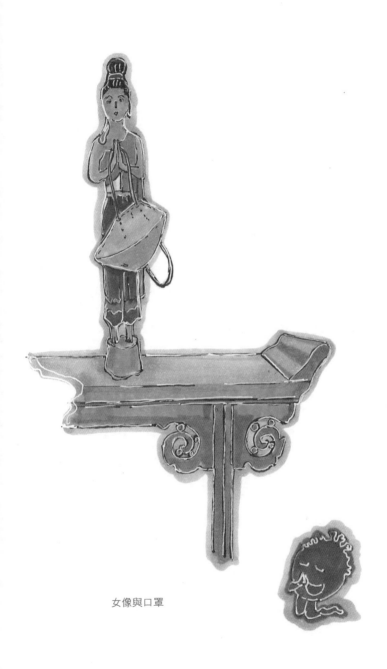

女像與口罩

難道要在家理髮？

是時候理髮了！上次理髮已是春節前的事，而寫此文章時已經是 2020 年 4 月，我迫不及待想去理髮，但又不敢冒然去髮廊。剪髮時應該脫下口罩嗎？好像太冒險了。請理髮師上門看來也不太安全，再者理髮師不會為我大老遠跑一趟。疫情何時結束呢？我應該再多等一會嗎？還是網上自學剪髮？我搜尋了教人理髮的短片，自己剪瀏海或幫人剪髮看似不難，但要自己打理自己的一頭短髮就不容易了。

我聽說很多人和我一樣怕去理髮店而嘗試自己在家理髮。我曾經替仁理髮，那時他還是我的男朋友，我們還在巴黎讀書。我當時沒有看任何教程或短片，不能說自己的表現極佳，但應該效果不錯，仁也挺滿意。我估計他現在不會為了「回報」當年的舉手之勞而幫我理髮。如果他願意，我又會滿意他的作品嗎？實在難以想像。

法國因為疫情關係髮廊暫時關閉，大家開玩笑說疫情結束以後誰也不認識誰了，因為大家都有了「新髮型」（或說異常的髮型）以及新髮色（因為沒有機會染髮，於是頭髮都回復本來的顏色）。慶幸自己生活在香港，至少暫時髮廊未因疫情關閉，還可以選擇去不去。對我來說，理髮和洗澡一樣重要，都是保持個人乾淨得體的必備條件。曾經看過一則報導說香港某公共浴室關閉，結果流浪漢無法洗澡和洗衣服，真讓人難以接受。英國也曾經關閉髮廊，當允許重新開業，首相約翰遜（Boris Johnson）馬上去理了個髮以示慶祝，當然還配了一杯啤酒。

後來，當我得知在香港無論是理髮師和顧客在剪髮期間都必須戴口罩後，便安心很多了。而且當時香港連續幾天沒有新增病例，所以我終於預約了理髮。當理髮師修剪耳朵旁的頭髮時，他細心地將口罩掛耳帶貼緊在我的臉頰，這樣他的剪刀能移動自如，我的口罩也牢牢貼緊，太好了！

然而現在，為了應對第五波疫情，香港全部理髮店已在政府要求下關閉了一個月。如果這種情況持續的話，仁可能真的要認真考慮「回報」我了。我打算盡可能地等待，避免動用這個解決辦法。但在此期間，我是否應該建議仁開始觀看一些網上短片，學習如何為女士理髮，以備不時之需呢？

幫忙剪髮。

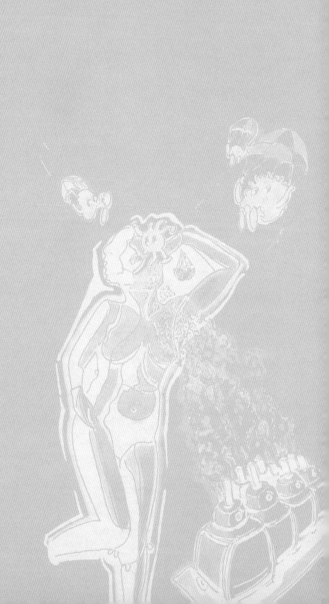

2

飲食新潮流

「虛擬聚餐」成了新興玩意，大家在同一家餐廳外賣食物，然後各自回家打開電腦，視像「共進」晚餐。

三餐在家，闊銷增大

　　疫情對我的生活帶來的首要影響是，我的一日三餐幾乎都要在家吃。疫情剛在香港蔓延時，我便不再外出吃飯。那時大家都在討論病毒的傳播方式，普遍認為最快的方法就是唾液傳播。當我看到有些人在餐廳內走動卻不戴口罩，或聽到別人在咳嗽，便變得緊張起來，擔心唾液的微粒會飛到我的附近，這讓我覺得堂食不再安全。雖然我知道唾液微粒不會「飛起來」，也不會自由落體般掉落，但科學家已經證明新冠病毒極易在人的喉嚨自我複製，因此其傳染能力更勝 SARS 病毒。我們只能減少在外就餐，確保安全。仁取消了所有公務宴會，兒子也在家辦公，所以我們三人每天的一日三餐都在家裏吃。

　　這一來我的生活幾乎就是圍繞着柴米油鹽打轉。很多太太開玩笑指從沒有在廚房待過這麼長時間，也從沒有和丈夫一日內共進過三餐。的確，這樣的生活或許是很多人

都不曾料到和體驗過的。雖然在家吃飯安全了，但日日要烹調三餐也非易事。我不得不說我準備的午餐實在無甚新意，基本就是簡單的麵食拌上幾種常見醬汁，有時是炒飯甚或即食麵。聽說疫情期間香港的即食麵銷量大增。如果我在法國，或家附近有歐陸式的麵包店，一份簡簡單單的火腿三明治已能讓我的午餐增色不少。當然好吃的三明治少不了好的法式長棍麵包，既然自己不會烘焙長棍麵包，那就不能有太多要求了，能吃上一碗韓式辛辣拉麵——仁最愛的口味——我也心滿意足。

我家的晚餐菜式會豐富一些，但也很難做到日日推陳出新，一週內我們會吃好幾頓白菜，或炒或湯煮，無非如此。我們的冰箱還裝滿了各種冷凍食材，從肉類、海鮮、魚丸、牛丸到各類蔬菜，這樣我可以好幾天不用出門買菜。我家冰箱雖滿，但還不至於需要另置一台，聽說好多大家庭不得不放置兩台冰箱才能保證有足夠食材。一些家庭還改建了廚房方便烹飪。街上出現了許多售賣廚具的快閃店，貨品通常很便宜。大埔的急凍食材店舖生意興隆，不久附近又開了新店，畢竟需求很大。

歡迎新家廚

後來，仁開始主動看一些烹飪短片，恐怕不是出於興趣，而是他可能吃膩了我做的飯。我知道其實自己該多花些心思在烹飪上，比如多煲靚湯或者嘗試不同口味的菜式，但我對烹飪一直興趣不大，所以看到仁願意花時間研究食譜，我很開心。更讓我興奮的是，他準備嘗試做一道咖喱牛腩，他說這並不難，只需要買辣醬。果然，那道咖喱牛腩讓我讚不絕口，實在希望他會多做幾道菜。我看到他觀看其他的烹飪短片，還以為我的願望成真，可惜他沒有再煮別的，或許他沒找到值得挑戰的食譜吧。他只把咖喱牛腩的做法傳授給傭人，於是呢，咖喱牛腩便經常出現在我們家的餐桌上。其後香港政府放寬了社交限制，餐廳可以堂食，加上仁開始工作繁忙，我很難再嚐到他的廚藝了。幾個月幾乎足不出戶的生活，讓我渴望吃到正宗佳餚，不論是粵菜、其他中餐或是西餐。

兩年後的第五波疫情嚴峻，社交距離措施收緊至抗疫以來最嚴謹的程度。兒子轉為在家工作，搬回來與我們同住。每天吃足三餐，家裏的冰箱存糧總是很快就見底。但這次我努力地嘗試增加多種菜式，希望至少能變出多些花樣。

經常在家做飯自然增加了不少食材和雜貨費用。很多進口食材因為運費上漲加上交貨延遲而漲價不少，所以許多香港人較以往更願意購買本地出產的有機蔬果，每逢週末便有很多人到新界的農舍購買新鮮食材，當然很多時候得排長隊。我還是喜歡自己常去的那些戶外街市攤檔，只是現在少了如往日般跟檔主寒暄，速戰速決，快快完成便回家。我已絕少踏足室內街市，即使它們會定期消毒，市民入內前亦須先量體溫。當年 SARS 結束後，出於衛生考慮很多街檔都搬到了政府管理的大樓裏營業，大埔墟街市是其中之一。但我覺得室內街市的通風系統應進一步改善，同時普及不用現金的支付方式，這樣方可讓消費者安心。

會有新菜式嗎？

囤食物，囤廁紙？

　　鼠年春節的喜慶猶在，網上便開始傳言因為疫情很多內地工人滯留在老家，無法返回他們的工作地方，食品的物流運輸也受到影響。我和許多人一樣，在這種緊張氛圍之下趕快到超市，希望能夠儲備一些生活必需品。我主要想買米和清潔用品。當我走到家附近的超市，米、麵、瓶裝水、蔬果、雞蛋以及清潔用品的貨架早已被一掃而空。雖然往後幾天有陸續補貨，但數量甚少，我終於切身體會到食物配給的含義。在這之前，只聽過父母說二戰時期的憑票配給，那時他們還是小孩。

　　接下來的幾天我都去超市排隊買雞蛋，但每次還沒排到我便售罄。我在想或許得在超市開門前就去排隊才有機會買到，但我的需求還未迫切至此。在附近超市多番嘗試仍買不到，仁和我便到市區的一間大超市，我們幸運地買到雞蛋，但放置米、麵和廁紙的貨架要不是都被掃空，就

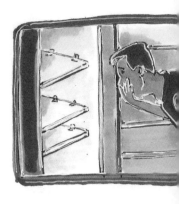

超市雪櫃的貨品才剛上架，一陣子就被清空。

是只剩下最貴而不是我們常用的牌子。超市人多，收銀處前的隊伍更排成蛇形，而自助收銀機前的人則較少。

我平常很少使用自助收銀機，覺得如果大家都用機器結賬，收銀員可能會失業。但現在似乎別無選擇，我只想儘快離開擁擠的超市。能試試看自己在沒有店員幫助的情況下能否順利使用機器結賬，也是好的。當我們掃描啤酒的條碼時，發現交易無法進行，原來含酒精的飲料不能用機器付款。難道我們要重新排收銀處的隊伍嗎？我們開始感到後悔，還是試着找個店員幫忙，幸好她看看我們，毋庸置疑我們已過了合法買酒的年齡，她用證件掃描一下，為我們開通了自助收銀機，省了我們再排隊。我和仁算是勉強通過了自助付款的「考試」吧。

疫情初期麵粉也不易買到，估計主要是家長希望以親子烘培來吸引孩子，讓他們少花時間在電子產品上，因此麵粉銷量也大增。我覺得烘培不僅可以緩解焦慮，還有利維繫家庭關係。我自己平常大概有一個月的麵粉存量，可以做早餐吃的免揉麵包，但對眼下香港的「麵粉荒」還是有幾分擔憂。一些頗有創意的新派烘焙師試着用燕麥、杏仁粉甚至蛋白代替小麥麵粉，但少了小麥或黑麥麵粉的麵包，還能擁有傳統麵包的口感嗎？我的外婆在二戰期間食物短缺的時候自創了一款無牛油無雞蛋的「戰時蛋糕」，

首次使用自助收銀機。

在當時已經算得上是美食了，但那不是真正的蛋糕，很難和油香濃郁的法式費南雪（financier）或蛋香四溢的瑪德蓮（madeleine）媲美。

供貨不足的反思

　　食材短缺的問題一方面讓我意識到我們對進口商品的依賴，另一方面則令我開始關注生活必需品的原產地。比如我的牙膏產自泰國，護膚品來自歐洲和加拿大，就算疫情以前這些貨品也得經歷漫長的進口之路才能到達香港地區，會不會有些貨品之後都無法買到？比如有好長一段時間我都買不到一款很喜歡的意大利粉，我當然可以用其他意粉牌子代替，畢竟聊勝於無，但對於某些行業來說，供貨不足帶來的是生死攸關的影響。在法國，很多治療癌症的藥物為進口貨，現在物流受影響，大家很擔心病人是否能及時得到必需藥品。香港的殯葬業曾有段時間棺材供應不足，因廣州的供貨商沒法準時交付。即使疫情已持續兩年多，許多行業仍然面臨供貨不足。比如陶瓷原材料的持續短缺，無法製成瓷磚，大大影響了法國的建築及室內裝修業。

一些聳人聽聞的謠言更助長了人們的焦慮不安。有段時間流言聲稱廁紙的供應會短缺，於是大家立即蜂擁到超市搶購。還好當時我家裏有足夠的儲備，不然在那種緊張氛圍的影響之下，恐怕我都會去囤貨吧。我在網上看到有人一次就買了 4 袋廁紙，而每袋有 12 卷！有些商家不得不實行限購，規定每人每次最多買 2 袋。大家搶購的原因之一當然是因為居家時間多了，對廁紙的需求自然較平常大。還有一個重要原因是，人們聽説廁紙可以夾在口罩裏當過濾網濾掉病毒，它比咖啡濾紙或絲襪便宜，後兩者也曾被認為有「過濾」病毒效果。大家擔憂食材短缺而囤糧的舉動我可以理解，畢竟飽腹是人的最基本需求，然而囤積廁紙就讓我覺得有些可笑。

新加坡一位部長嘲諷港人這些行為如同猴子有樣學樣，他的這番言論自然引起許多港人不滿，但也不無幾分道理，只是他以部長身份調侃香港人，也確實不恰當。還有人嘲笑香港人囤積的廁紙量足以把整個單位包裹起來，這其實同時在暗諷香港人平均的居住空間都很狹小。另有報導説某超市有幾十袋廁紙和少量食米被劫，竊賊如今不愛錢財珠寶，卻盯着超市的食米和廁紙，這世界真是變了！

點外賣，減風險

疫情期間香港的餐廳提供外賣以及快速送餐服務。越來越多人嘗試網上訂餐，然後到餐廳自取或者加訂送餐服務。但我只在網上訂過一次外賣。我們住得離市區較遠，大部分餐廳都不願意為了小額訂單大老遠跑來送餐。即使有餐廳願意外送，當外賣食物到我家都差不多冷了。外賣增多，即棄餐具和包裝自然隨之增多，這當然又會造成環境污染。何不提倡顧客自備餐具呢？幾年前為減少使用膠袋香港曾推廣「自備購物袋」，現在都可以有類似的倡導啊！現在可以堂食的時間，我還是會隨身帶備一套竹製餐具。其一是衛生考慮，如果我對餐廳的餐具衛生有懷疑，我可以用自己的，連用熱水清洗餐具的工夫都可省去；第二是一些餐廳依然提供膠餐具，為了環保我會儘量減少使用塑膠製品。我還有一套不鏽鋼餐具，是一家商店贈予的，但因為價格不菲而且重量不輕，攜帶不方便，我

還是選擇了外攜竹餐具。

　　街上隨處可見騎着電單車的外賣員在車流中穿梭，車背上的隔熱箱印着鮮明的外賣公司標誌。港鐵站裏到處都有巨大的訂餐 App 或網站廣告。餐飲從業者必須推出更加吸引眼球的廣告，才能在疫情中絕處逢生。很遺憾一些餐廳不敵疫情而關門歇業，比如珍寶海鮮舫，這家水上餐廳已經營運了超過 40 年，猶記得 1992 年我父母來香港探望我，我還帶他們以及婆婆一起去飲茶吃點心。更讓我感到可惜的是，我舉行婚禮的那家餐廳也倒閉了，它的名菜貴妃雞一直備受讚譽。

虛擬聚餐

　　一些餐廳推出各式各樣的餐單配合不同食客的口味，價格豐儉由人，甚至還有每天外送一日三餐到家的服務。「虛擬聚餐」成了新興玩意，大家在同一家餐廳外賣食物，然後各自回家打開電腦，視像「共進」晚餐。我對此的興趣不大，只試過寥寥幾次，但我們的網聚略過於「正式」，少了樂趣。我們各自準備茶點，然後大家便一直盯着熒

幕，房間的昏暗光線，令我們在熒幕裏看來都有些嚇人。如果我能事先親自為朋友訂一些飲品小吃，大家邊吃邊聊，那麼氣氛應該會輕鬆些，樂趣也會多些。只是再輕鬆的網上見面都比不上面對面的交談，少了烘托氛圍的裝飾、燈光以及背景音樂，怎能營造在節日見面時的興奮氣氛？而且那種在街上與老朋友不期而遇的驚喜，或是與陌生人投緣聊天的隨意，跟事先安排的網上見面是截然不同的，所以我能體會那些沒法與朋友在下班後或假日到酒吧小酌的人的沮喪。在網上共飲唯一的好處應該只是不必擔心酒後駕車。如果有公司專門為跨國的虛擬聚餐同時提供飲品和下酒小菜，那就太好了！公司名字我都想好了，就叫 "Inter-happy-hour"，這樣我和法國的朋友即使遠隔千里，也能對着電腦一起暢飲。

疫情之前大家無所顧忌地外出就餐的日子已成過去，如今即使放鬆了社交限制，很多人還是選擇在家宴客，感覺輕鬆得多。疫情開始後，曾經有一次跟八位朋友同桌，那時真有種恍如隔世之感。有些主人家會聘請專門的餐飲到會服務來籌備宴會，有些則請每位客人各自帶一兩道菜來分享，洗碗清潔這些工作則由家中傭人完成。到朋友家作客當然得入屋脫鞋，疫情期間此行為更顯得合理和重

要。記得以前我們的家都鋪了地毯，那時兒子還小，特別喜歡在地上玩耍，客人進我家前都會脫鞋。但有一位朋友説在別人家脫鞋，他覺得很不自在，這一點我能理解，鞋子本身是衣著的一部分，所以脫鞋這種在東方國家常見的習俗在法國並不那麼廣為大眾接受，哪怕現在疫情存在仍然如此。

疫情帶來的另一變化是自助服務開始流行，比如飲食自助售賣機、無人便利店、自助付款櫃台都很常見了，自助點餐機更是隨處可見。在公司雲集的地段還出現很多午餐便當售賣機，吸引那些找不到餐廳座位，或想獨自在戶外或公司內吃午餐的人。我一向不太喜歡這些自助販賣機，我經常遇到投幣吃錢，但沒有給我貨品的情況。小時候，自助售賣機通常只是賣紙包飲品、咖啡和糖果，如今我們可以買到中餐西餐、冷食熱食，可謂琳瑯滿目。曾經在中環碼頭看過有一部自動販賣機，即場用機內的鮮橙榨橙汁。我的父母曾經靠自助售賣機做過點小生意，記得母親每天早上都把機器裝滿新鮮的三明治，父親會檢查投幣付款裝置確保其正常運作，也會看看機器有沒有被人動過手腳。父親用醒目的字體把他的電話號碼寫在機器上。每次有人來電通報售賣機卡幣，父親便拿着修理工具匆忙

出門。如今父母的那幾台售賣機已經是古董了。現在的自助售賣機都有數碼支付選項，應該沒那麼容易壞吧？如果父親仍在世，他應該會想嘗試使用。

堂食的重重關卡

　　疫情期間餐廳除了縮短營業時間，限制就餐人數，還施行非常嚴格的衛生措施。有一段時間所有食肆曾被勒令關閉，但因為反對的人太多，很多人甚至連吃午餐的地方都沒有，於是兩天之後政府又允許食肆開業。我記得當時麥當勞還因停業上了新聞頭條，一些麥當勞店舖本來 24 小時營業，勒令關門的話，流浪漢或者說「麥難民」（McRefugees）晚上便無處可宿。疫情嚴峻的那段時間，法國亦禁止所有餐廳包括公司食堂營業。上班族既不能享受由公司補貼的午餐，也沒法在別的餐廳使用公司餐券。上班族無處進餐，政府不得不修改法令，允許人們在各自的工作位置上吃自帶午餐。以前法國人多數會外出午餐的這個習慣，現在都要改寫了。相比之下，我覺得生活在香港已很幸運，除了疫情爆發的首三個月要儘量留家，之後我和仁每個週末都仍能外出飲茶。

疫情初期，我們很少外出。許多餐廳為了生存推出各種優惠套餐，但就餐的人依然很少。2020 年 5 月初，規定改為最多四人就餐，我們全家去了一家意大利餐廳慶祝兒子的生日。途中我驚訝地發現一家法式餐廳竟然仍然提供自助餐，自助餐一直被認為是集體感染病例的源頭之一。雖然這家餐廳在自助食物枱前安裝了防唾液的隔板，除了就餐時，食客必須全程戴口罩，但即使有這些安排我都覺得不安全。我們進入餐廳前得測量體溫，多虧有了數碼設備，如今測量體溫簡便快捷。餐廳入口有消毒液，服務員會提醒食客先消毒雙手。該家意大利餐廳的每張餐桌上都有供大家存放口罩的白色信封，每套餐具旁邊都有酒精濕紙巾。

　　之前在某家日式餐館，有人將自己的口罩掛放在乾淨的筷子筒上，照片流出後在社交媒體上引起譁然。之後存放口罩的便攜袋隨處可見，很多人知道如何正確摺疊並存放口罩，但並非人人自覺，很多人將口罩隨意放在自己衣服的口袋，或者掛在手臂上，這樣都不太衞生。當時香港的病例一直較少，這也是一些人放下警惕心的原因吧。

分桌分組，限制交流

隨着疫情漸見緊張，管控措施變得更嚴格，餐廳在晚上六點後不可以堂食，只可外賣，每桌就餐人數最多兩人，我們便沒有外出就餐了。等到情況有所緩解，再允許四人就餐，我們便馬上相約朋友吃飯聊天。餐廳提供透明隔板，將我們分為兩桌，男士一桌，女士一桌。不知道這種入座安排在疫情結束後是否還會繼續。雖然這樣被分隔而坐讓人不自在，但似乎並無他法能更有效地限制社交距離。我看過一個 10 人派對被分成 5 個小組，每組 2 人，「分組派對」真讓人納悶。在我們分桌而坐時，我每次都得把點心遞給男士桌的仁和兒子，失去了從前大家圍坐飲茶談笑風生的樂趣。以往飲茶時長輩總會指責年輕人只顧看手機，如今指責晚輩的長輩卻因為分桌，不得不以手機發資訊給別桌的家人來彼此交流。

即使已有社交限制措施，進餐時我們依然有些緊張，總覺得周遭物品，如賬單、找贖、菜單都可能有病毒。有些餐廳使用觸屏機器或 QR 二維碼用手機點餐。記得第一次被店員要求使用 QR 碼點餐時，我非常不悅，因為我已經等了很長時間才等到座位，還得再花時間去學習掃碼點

分桌怎樣分享點心？

餐。幸好當時那家餐廳仍然接受由侍應生在櫃台前點餐，而且因為絕大多數食客都對掃碼點餐不陌生，幾乎沒有人在櫃台前排隊，也節省了我的時間，這真是新奇的體驗！後來我又再去那家餐廳幾次，並開始嘗試用 QR 碼點餐。無奈餐廳的使用說明字體太小，於是我要打開手機相機將說明拍下來，放大來閱讀。沒想到相機鏡頭非常靈敏，馬上檢測到說明書上的 QR 碼，然後迅速掃碼把我帶到點餐主頁，我只好在還沒有弄清楚一切的情況下摸索着點餐，一步一步倒沒那麼難。

　　既然是初嘗，我很怕自己操作失誤付了款卻沒有下單成功，因此我不敢點套餐，只從便宜的飲品點起。網上支付既可以用信用卡，也可以用八達通，基於安全考慮我選擇了後者，卻看見我的信用卡號碼顯示在熒幕上，納悶一陣才想起幾天前我將八達通卡和手機聯通時，曾輸入信用卡號碼來通過驗證。這樣不錯呀，我可以選擇信用卡支付，而不需要再輸入持卡人的詳細資訊。下單之後幾分鐘，我點的玫瑰蘋果醋便上桌了。原來手機點餐如此簡單，我馬上又下單點了食物，畢竟我是專誠來吃飯的。

　　如今就餐都成了無接觸式體驗。幾乎所有食肆都提供自助取號機，食客憑票號入座。有些餐廳要求食客登記個

人通訊資料，這樣就餐收據會通過短訊或電郵方式發送給客人。我還聽說一些餐廳採用機械人服務員，不知道機械人取代人工服務是不是未來的趨勢。若如此，顧客會不會像美國肥皂劇那樣，向女機械人服務員給慷慨的小費呢？

為達至社區「清零」，政府接着推出了「出行」追蹤政策。一開始我們光顧食肆時可用紙和筆填寫自己的通訊資料，現在完全電子化，要用政府的「安心出行」應用程式自動記錄曾到訪過的場所。疫苗接種證明也可以儲存在手機裏，需要時可立即開啟。這些規定並未阻止香港人外出就餐，外出飲食本來就是香港文化不可缺少的部分。我當然渴望和朋友聚餐，享受法國人常說的「讓腳待在桌下」，意即安坐享受服務的舒適安穩。

成功用 QR 碼點餐付款。

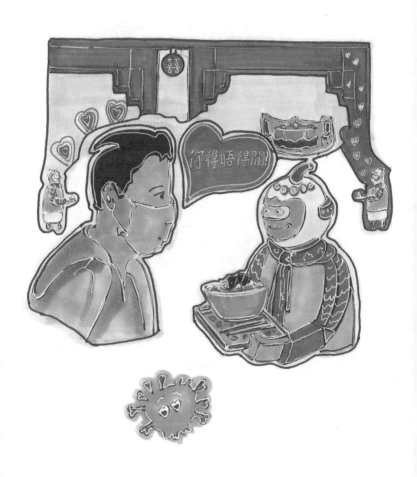

食客會喜歡機械人服務員嗎？

3

居家生活也能過得有目標

每天安排固定日程，為自己設定挑戰的目標，讓我在疫情初期的那幾個月過得充實。

訂定充實的日程

2020 年 2 月，我感覺到生活各方面都開始發生變化。隨着疫情蔓延，很多我平常參加的活動都取消了。我常年做義工的組織通知，他們為減少接觸不再需要義工。博物館、電影院和健身室都關閉了。於是我有了一大把空餘時間，思索自己還是得找點事情做，才不至於浪費光陰。居家的人大多通過下廚來緩解焦慮，可是我對烹飪興趣不大。我很想通過實在的方式記錄這段特殊的日子。比如園丁在此時期種下一棵小樹苗，之後他一定會為其長成大樹而欣喜。那些孤獨的人收養流浪貓狗，會為自己的善舉感到自豪，同時也為自己有伴相陪而高興。

我呢？我唯一能做的似乎就是畫畫，這不僅能打發時間，也是一種記錄生活的方式。疫情以前我很難堅持畫畫，又藉口多多，現在社交活動減少，正是專注做好一件事的時候，所以我報讀了一個網上繪畫課程。很多人像我一樣，在社交距離措施實行期間選擇學習一門手藝，我的

一位朋友開始學鋼琴，另一位學意大利語，有的報了舞蹈班。聽説很多父母都報名參加網上親子烘焙課程，一些業餘歌手因為卡拉 OK 場所關閉，便自己用手機 App 練歌寫歌。對我來説，最初不斷在網上胡亂瀏覽，覺得很難集中，我愛在網上觀看法國藝術家的表演（當然他們只能居家演出）。後來我的一位法國朋友説他很難在家集中注意力工作，直到他穿上鞋子，才比較有上班工作的感覺。我不禁莞爾，但他確實言之有理，哪怕居家也得將自己收拾整齊。我沒有整天穿着睡衣在家，但我也得需要一些儀式感，讓自己進入做正事的狀態，於是我戴上自己最心愛的耳環，噴了香水，讓自己亮麗地開始一天的生活。我的書房現在是我的畫室，我還專門為自己設計了日程，以免虛度光陰。

早上我通常會聽聽電台廣播，看看新聞，以日記記錄香港地區和法國的疫情。我為自己劃定了上下午各有一段茶歇時間，午飯則通常匆匆吃過就算。每天我不時瀏覽社交媒體，給自己喜愛的帖子點讚，或與遠在法國的媽媽通話。雖然日復一日的生活幾乎一成不變，我卻沒有度日如年之感，而是覺得時間過得挺快。當我打開一瓶新的眼藥水，便意識到新的一個月伊始；一瓶維他命丸吃完

繪畫課的其中一些創作。

居家生活也能過得有目標　**63**

了，即四個月過去了。每晚我都祈禱疫情消退，每天醒來會為自己的健康心懷感恩，希望當天順利，也希望感染人數減少。除了上面提到的日程，我週一會收聽一位在法國的朋友主持的廣播節目，週二則收聽兩位藝術老師的播客（podcast）。我還開始收聽一些法國的廣播節目。疫情之前，有關法國的所有新聞幾乎都是媽媽向我轉述，現在自己接收資訊，想最快知曉法國的情況，了解法國、香港地區兩地抗疫策略的異同。

當然我每天還會上網上繪畫課。課程結束後，我會畫一個最能表現當下情緒的人體圖，周圍「點綴」了冠狀病毒和抽象化的時事新聞。50 天過去，畫成 50 幅畫之後，我發現畫紙越來越少，麥克筆已快無墨了，但我不想出門，只好網購。無奈那家網店的網站沒有英文介面，只得請懂中文的朋友幫忙。紙墨齊全，我決定要畫到 100 幅。繪畫的日子過得很快，我都沒留意到便已完成目標，我自然是心滿意足。但遺憾的是百幅之後因為自己有所怠惰，未能繼續作畫。

每天安排固定日程，為自己設定挑戰的目標，讓我在疫情初期的那幾個月過得充實，畫畫更能令我暫時忘卻緊張的氣氛，內心得以平復。而且我終於有時間整理自

我的居家網上日程：繪畫課、做運動、跟朋友網聚、看串流演唱會。

己的書房，把不需要的舊文件放進碎紙機。那些文件越積越多，以前我擔心一次過放入碎紙機會令機器超負荷而壞掉。現在有那麼多時間，我可以每天碎掉一點，最後終於完成了這項拖延已久的任務。因為仁在家工作的時間比以前多，我從未感到孤獨。我知道有不少夫妻因為疫情期間同在屋簷下的時間增多，彼此更加親密。但也有許多夫妻因此發現雙方不再志趣相投，或因防疫衛生、收入或照顧小孩等問題而吵架，矛盾倍增，繁瑣的家務加上疫情導致的減薪甚至失業，令很多人婚姻破裂。據報導疫情期間離婚案例增加了許多。

疫情也改變了我的消費習慣，或者說減少了外出次數促使我「節流」。我不用頻繁地為汽車加油、增值八達通卡，也大幅減少了外出用餐和購物次數。娛樂和化妝品的開銷亦比疫情前少了許多，比如我減省了唇膏和底霜。既然足不出戶，即使外出也戴上口罩，何必在美妝上花費？妝容只會凸顯口罩在臉上勒出的痕跡。有些廠商甚至在消費者購買必要護膚產品時贈送口紅，這樣仿如沒有明天的促銷，令人感慨疫情下生意何等難做。不過，另一些東西的用量卻大大增加了，比如牙膏。因為我全日在家，每天會多刷一次牙。用電量以及柴米油鹽的開銷也增多。當然別忘了口罩也是一筆額外開銷！

渴望交流

疫情迫使很多交流、活動都轉為網上進行,從前不諳
網絡的人被迫儘快適應這種變化,數碼設備對人們來説就
更加重要了。我的一些住在法國的年長親戚,向來不用智
能手機,卻也趕在法國第一次封城之前買了智能手機,這
樣才能和兒孫視像通話。有些父母因為各種原因依然不用
智能手機,子女只能以傳統打電話方式和父母聯繫,這樣
自然得繳付更多電話費。我的媽媽不久之前買了智能手
機,而且她知道如何使用免費的交流平台。我們母女之間
的交流因此比以前更頻繁了。在法國第一次開始封城時,
我很擔心媽媽會覺得孤獨,但我多慮了,我們通話期間經
常被她其他的突然來電打斷,我取笑她快成了接線員。我
們儘量聊些愉悦的話題,比如她準備了甚麼美食,她院子
裏的蔬菜又長了,鄰居送了她自家種植的南瓜和西葫蘆,
她在週末市場的收穫等等。然而有時話題依然避不開疫

情的影響，例如不知道何時能見面，又哀嘆着一些熟人染疫，甚至已經過世。當時我在香港地區的朋友圈子裏還沒有人感染新冠，然而在法國情況不一樣，我聽説因為社交限制，一些人連朋友的葬禮都無法參加。

媽媽第一次和我視像通話時不斷弄出笑話，當她拿起手機看到自己在熒幕時，馬上道歉説自己按錯鍵了。我笑着説她沒弄錯，是我在打視像電話給她。接着她把手機平放在桌上，我便只能看到她的額頭和鼻孔。顯然她不想拿着手機，我也就只能這樣看着她。當然怎樣拿手機、從甚麼角度拍到自己才不會顯得頭像太大，或扭曲了，也是有學問的。但我媽媽似乎對於看不看到我完全無所謂，她説還是習慣語音通話。唉，不知我們何時才能見面。

網上好友相聚

雖然居家很安全，但在家裏我太依賴手機，總是不停看手機發信息。疫情爆發以來，我有幾個月的時間沒有出門會友，感覺自己生活在與世隔絕的氣泡中，這讓我回想起 1986 年剛來香港時的情況，那時除了仁，我在這裏舉目無親，當時未有互聯網，我漸漸跟一些朋友失去聯絡。

跟在法國的媽媽首次視像通話。

幸好後來有了網絡，我漸漸熟悉使用各種社交媒體，即使和朋友不能見面，能通話、發資訊也讓我不至於茫然失措。每天一覺醒來，手機裏都有法國朋友發來的音樂短片，有些是我們曾經愛唱的歌，這些歌又讓我回憶起年少時和好友圍坐營火旁唱歌的情景。我也會看看朋友在社交媒體上發佈的新動態，給他們點讚留言。我花在網絡上的時間至少是疫情前的兩倍。而且通過社交媒體我還找到了不少多年不見的老同學。香港地區和法國的時差不是問題，反正大家都待在家裏，很容易組羣起來一起聊天。大家天南地北敍舊閒聊，都顧不上談論疫情了。或許疫情過去之後，大家又會回到從前的生活，各自忙碌，見面反而更難。所以我挺珍惜這些在網上見面的時光，它讓我不至於與世隔絕。

疫情讓每個人都很難置身事外，我們關注疫情，談論疫情，又在手機上花大量時間不停瀏覽各種關於疫情的壞消息，這被稱之為 "doomscrolling" 的習慣似乎越來越多人自願「深陷」其中。關於疫情的各種資訊爆炸式地充斥我們的生活，我每天都會收到無數條資訊和短片，其中一些關於如何防禦或治療新冠，一些則是各種數據和聳人聽聞的結論，好像人人都成了專家，這點讓人覺得有些滑

稽。這些資訊往往真假難辨,大多數人也懶得去查證便繼續傳播,於是以訛傳訛的情況時有發生。

當我同時在幾個不同的聊天羣組跟朋友傾談時,我常常要留神,免得發錯羣組或寫錯內容引起誤會。發信息的人總希望對方能馬上回覆,不斷即時回覆其實很費時費神,也讓人分心及緊張。不知道那些不停發送信息的人是不是想要尋求關注?我還是較懷念舊日以電郵通訊,至少我可有更多時間來思考回覆的內容,仔細注意遣詞造句。很多時候,我嘗試過把手機放遠些,離開自己,免得自己老是盯着它看,這樣我可集中注意力做點其他事情,但我還是會想着仁和兒子會不會有要緊事聯絡我,所以很難做到長時間不看手機。直到疫情持續了一段時間,大家都習慣了居家、社交限制、戴口罩這些新常態,才漸漸不那麼熱衷於發送各種與疫情相關的資訊。

網購與網上運動課

　　除了報名參加網上繪畫課程，我還開始網購，跟着網上運動短片鍛煉，觀看網上直播活動，這些都是疫情之前我不曾嘗試的。我本身對購物興趣不大，也不是大型商場的粉絲，只是需要時偶爾去一趟。疫情初期，至少有三個月的時間我甚麼都沒買。很多香港人最大的愛好就是逛街購物，但疫情卻讓很多人的興趣轉為行山。

　　儘管很多商店打折促銷，人們似乎也提不起購物熱情。走在街上可見到一家接一家店舖關門歇業，鐵閘門上貼着「出租」招貼。銅鑼灣的奢侈品店居然被廉價電子產品店取代，需知道銅鑼灣的店舖租金為全球最貴，實在令人驚訝。2020 年 5 月我到太古廣場買生日禮物給兒子，大部分店舖都空無一人。路過蘭桂坊，昔日的熱鬧已不復存在，看着有點像鬼城。往日遊客簇擁的尖沙咀現在冷冷清清，彌敦道也沒有了疫情前的車水馬龍。可想而知香港

的經濟受到怎樣的重創。2020 年 4 月政府推出了 1,375 億元港幣的救助計劃，用作資助 150 萬人繼續領到薪金。之後，每位永久居民都得到一萬元港幣的生活資助，政府還鼓勵大家在本地消費。

雖然新衣可以省掉，日常生活用品卻不可或缺。如今的購物方式顯然已跟以往大不同，我現在購物時儘量不會亂碰貨品，也不敢在商店久留。我的一些國外親戚買了東西後會放在車房，幾天之後才敢放回家中的櫃內，有些則會用消毒濕紙巾擦拭每件新買的東西。我雖然還不至於緊張如此，但每次從冰箱或櫃子裏取出東西後，我都會洗手，洗手之前不會用手去碰臉。儘管這樣做也很難確保萬無一失，但至少已盡最大努力，小心謹慎，如果這樣還防不勝防不幸染疫，只能說那就是命中註定了。

初嘗網購，小心翼翼

在很多行業正面臨艱難局面時，電子商務卻蓬勃發展，且送貨服務的需求激增。居家的人很容易被手機裏彈出的廣告吸引，點擊幾下就能貨到家門，很多人因此網購成癮。人們不只購買日常所需，也會買酒、廚具、健身器

材等。年輕人早已熟悉網購，現在連長者也像發現新大陸一樣，對網購的方便感到驚喜。我家附近常常能看到許多送貨貨車，有時會造成交通擠塞，可見人們普遍的購物習慣已改變。仁和我也躍躍欲試，雖然有些跟風，但我們覺得體驗一下新事物也不錯。我不是科技通，僅有的網購經驗也不太順利，以前在網上買過幾次美容產品，但近期嘗試買繪畫用品卻不成功。回頭想一想，如果沒有了實體店的香港還是香港嗎？很難想像。現在疫情尚在，為了安全也只能留家網購，雖然仁和我都不太習慣，而且網上很難比較價格和用品的牌子。

我和仁一起坐在電腦前，小心翼翼地一步步往下點擊，我們買了一袋八公斤的米、兩瓶食油、一罐辣醬（辣醬我們後來回購了幾次，來做仁喜愛的咖喱牛腩）。兩天後食材送到，我們將貨箱放在車房，第二天才打開箱子檢查有無遺漏。不得不說，網購確實便捷，但只要香港感染數字降低，我還是會去超市買新鮮食材，大件沉重的貨品超市都可提供送貨上門服務，第二天就能送達，其實和網購一樣方便。有說往後的送貨服務將會更快捷，所需時間或跟點個外賣差不多，如此一來，疫情結束以後，還有人在網上購買雜貨嗎？或者都會有的，但至少對我來說，

我還是更喜愛在超市邊逛邊買，雖然超市不時調換貨品位置要去尋找，有點惱人。對於非食品類貨物，我估計香港人還是願意在實體店購買，逛街本來就是香港人的一大樂趣。我喜歡聽售貨員介紹產品詳情，這樣比較能一次買到心儀產品，避免之後退貨。聽說有些國家的人已經透過視像甚至自助售賣機來選購汽車。真讓人大開眼界。

運動健身仍有辦法

室內健身是香港人的另一愛好。但 2021 年 3 月一家健身室出現了集體感染病例，全港所有健身室被迫停業。後來重新開放以後，所有健身人士全程都要戴上口罩。還有許多人喜歡在市區的公園鍛煉，或者行山、跑步、騎單車。如今尖沙咀少了遊客，本地人可以在海濱長廊從容跑步。週末很多人行山，有些行山徑甚至比市區街道的人還多。有報導說有行山者受傷甚至失去生命。行山前他們有準備充足嗎？不知道那些不幸意外是如何發生的。在如此高壓的時期對誰都不易，因此我格外注重保持自己的身心健康。每天晚飯後我和仁會去散步，但這樣的運動量還不夠。我們會在平日人潮比較少的時候去行山，但當炎熱

速遞送貨到家，速遞員多數放在住戶家門外便走。

的夏季到來,也只得作罷。雖然我知道皮膚可以通過運動排汗來排毒,而且我很久沒有去享受蒸氣浴,但對我來說25度的氣溫已經不適合行山了。排毒或許是很多人頂着烈日行山的原因吧。

健身室雖然停業,但還會提供網上免費瑜伽和健身課程,惠及新舊顧客,吸引人保持運動習慣。家用跑步機的銷量亦因疫情大增,很多人不得不等上一段時間才能買到。我倒沒有想過買這類健身器材回家,但每天居家久坐,的確需要運動。在健身室裏聽着音樂做各種器械運動當然比較有趣,但在家也可以做一些輕量的運動達到鍛煉效果。我的一些法國親戚每天在居住的大廈內行樓梯鍛煉。我自己一直懶於運動,直到我讀到一篇文章說兩位年輕的香港女生,為那些生活空間極其狹小的人製作鍛煉影片,才覺得自己還有甚麼理由怠惰呢?所以我選了些網上運動課程,儘量每天鍛煉。健身室重新營業時,我很猶豫會不會再去。我已經習慣了一個人鍛煉,而且在家可以不用戴口罩,還省了花在路途的時間。

疫情初期,電影院關閉,文化活動不是取消就是延期。疫情中人人都心情非常緊張,恰恰需要一些文化生活或娛樂來緩解焦慮。有些人完全不顧社交限制,我行我

素。有些明星甚至在開卡拉 OK 派對，引起眾怒。有些比較注重防疫措施的則退而求其次選擇舉辦網上卡拉 OK 派對、玩網上電玩或烹飪比賽。2021 年 8 月，一位荷里活明星來港，香港政府居然免去其隔離檢疫限制，還給與優待，說此人此番到來是「從事指定專業工作」，真是匪夷所思。

　　文娛活動少了，很多人只好在家看電視。我看了很多網上電影以及藝術家在家的表演節目，還看了很多電視劇、舞蹈表演，也聽了一些網上音樂會。雖然視聽效果沒法和現場比，但至少可以豐富生活。網絡的確可以讓不同的文化活動可以推廣至更多更廣的觀眾。2020 年 4 月，名為 "One World: Together at Home" 的慈善音樂會便有上百萬名觀眾，我也是其中之一。張學友和陳奕迅代表香港獻唱。在演唱會上，明星多次向清潔工人、超市收銀員、護理人員、送貨人員等致謝，這些人默默工作，他們的辛勞常常被看輕。醫護人員代表也登台唱跳，同時為大家提供應對疫情的方法。演唱會上還提醒大家美國非裔人羣死於新冠病毒的比例遠高於其他種族人口。雖然大家都在各自的家中，卻是天涯若比鄰，難能可貴。

上班上課都亚家

疫情以來，學校有很長一段時間轉為網上授課，部分公司要求員工居家工作，所有人都得慢慢習慣這種新的視訊交流方式。

我們住在香港教育大學的校園，往日除了暑假，校園總是很熱鬧，現在學生都回家了，這裏變得非常冷清。疫情爆發以來，校園裏都少見學生的身影。我們家的樓下是校園的運動場，以前總是有大羣學生在此笑着鬧着踢足球或打籃球。大學圖書館一直開放，並購置了一批紫外線書籍消毒箱。每個消毒箱可以容納好幾本書，不到一分鐘便可消毒完畢。校園內大家必須戴口罩，很多地方都有消毒搓手液裝置。大學也趁學生還未返校的這段時間，修整校園並更新了許多設備。

網上授課對學生和老師來説都是挑戰，尤其對於那些家庭條件困難的學生來説，這種授課模式增加了他們學習的難度。2003 年 SARS 期間，學校也曾面對停課的挑

戰，但遺憾的是，自那之後有關方面沒有投入更多資源，來縮小弱勢社羣學生和生活條件較充裕的學生之間的學習鴻溝。很多學生和家人擠在狹小空間，還得和父母或兄弟姐妹共用一台電腦，很難安心上課。加上許多學生家中網速不夠，課程短片經常因為接收不佳而滯後。幸好後來學生可以向學校租借電子設備，學校還提供免費的網絡增值卡。

聽說年紀尚小的學生獨自面對電腦，很難持續專注學習。家中有工人姐姐或祖父母的，或可幫忙監察他們上網課和做功課，沒有的就更困難了。在校面對面授課時，老師可以直接觀察到哪些孩子覺得無聊或緊張，哪些孩子怕醜不敢問問題。在家上網課時，孩子跟老師和同學的溝通較少，沒有社交活動及體能活動，對學生的身心發展都有影響。沒有學校環境，沒有老師在場，即使要求學生上網課時穿校服，坐得筆直，但要令他們專注學習，不受家中其他聲音影響，實在不容易。在狹小的家中上網上運動課也是個挑戰。報導指學生經常悶在家，長時間花在社交媒體和電玩上，久坐不動，很容易變得肥胖。的確，在平板或桌上電腦上看電影都比看着老師講課談理論來得有趣。有指一些學生每日會花 8 至 10 小時在電話上，實在令我

驚訝，但卻很明白在疫情下缺乏真實的社交，上網就是唯一的逃避方式。

居家工作的好壞

　　成人也是如此。「居家工作」現已成了人人知曉的詞語，公司亦鼓勵員工儘量維持社交距離。一些行業，比如銀行，減少了前線櫃檯服務職員的數量。我常去的銀行便不再提供支票存款服務。雖然之後日常運作逐步恢復，但許多公司都實行員工分組輪替上班，降低整體感染風險。但居家工作不是那麼容易，有一些人將此和休假混淆，還在社交網絡上傳辦公時間行山的照片。當然那些員工受到了處分。對許多單身人士來說，長時間獨自在家肯定會感到孤獨，而且生活和工作沒有了區分，也會讓人感到鬱悶。很多人居家久坐，缺乏運動，加上為了減壓進食過多零食和飲用含糖飲料，體重上升。市區的居住空間狹小，一些人便到離島租房子，那裏租金較便宜且空氣清新，除了交通不太便利，總體生活質素應該較高。那些家裏空間夠大辦公設備齊全的人就算是運氣好的了。

　　然而並非所有人都能夠居家工作，比如醫務人員。

疫情的首半年，醫療行業受到很大影響。原因是大家普遍戴口罩，較少外出飲食，飲食也較往常小心，腸胃病例因此大幅減少，普通科醫生診所都少了病人。香港二十多年前曾推出視像診症，但使用率很低。現在大家擔心診所容易傳播病毒，儘量不去。許多診所不得不採用視像診症，便利大眾。很多非緊急問診都延期了，我的牙醫預約也延期數月。後來我到牙科診所時，他們制定了新規矩。不但進門時要測量體溫，病人還得簽名確認自己在過去兩週沒有離開香港。診所內所有醫療人員都穿着防護衣服，感覺如同進入手術室。檢查開始時，我必須用診所提供的含有 1% 過氧化氫漱口水漱口殺菌。牙科診所恐怕是唯一我可以和必須脫下口罩的地方。

疫情期間大家對視像會議都習以為常，「Zoom 會議」跟其他疫情時產生的新詞彙一樣耳熟能詳。人人都在談論和評價這項新技術，褒貶不一。一些用戶抱怨，長時間在屏幕前需要更多專注力，相較以前會更容易分神並且感到眼睛疲倦。有人則不喜歡那些不開視像鏡頭的參加者，覺得有失尊重。視像會議造成的雙眼疲勞是普遍問題，因此網絡上衍生了很多眼部瑜伽課程。有人以為居家工作不用戴口罩，皮膚便不會因為長時間不透氣而發炎，其實不

然。很多人長時間用電腦開會,長時間瞪着別人的臉,有些人因此去做美容手術改善皮膚問題或心目中的不完美,雖知道在鏡頭下顯得好看並不容易。當然,居家工作的好處也不少,遠離人羣可以減低感染病毒的機會,還節省乘車時間和車費。過去上班大家總是精心打扮,現在連此項都可節省,只要進行視像會議的時候穿得得體就行,還可以像那些新聞主播一樣,上身西裝領帶,下身短褲拖鞋。很多研究估計,居家工作和網上會議可能在疫情過後都仍然會保留。

網上直播調酒 DIY

而我則是 2020 年 7 月才開始使用視像會議。過去 15 年,每年夏天我都和仁一起到內地的大學,為品學兼優但家境貧寒的學生頒發助學金。2020 年因為疫情我們的行程被迫取消,只能在網上面試學生,這便是我第一次使用視像會議。面試分為兩部分,每部分各三小時。在這期間,我總是不自覺地看着熒幕裏的自己,如果我稍微離開屏幕範圍,就會在背景畫面中消失。視像會議的畫面很模糊,而且很不流暢。不過參與的學生對視像會議早已熟

悉。兩年過去了，我們仍然不能到各間大學，面試依然在網絡進行，只是如今我自如多了。

視像會議軟件當然不只是用於正式的會議，也擴展到娛樂場合。香港旅遊發展局發起了 Hong Kong Super Fans 活動，我作為香港「超級粉絲」之一受邀參加旅發局的一場網上酒會，我非常高興地接收了邀請，這是我第一次參加網上活動，內心少不了有些緊張。旅發局寄來了一個禮包，內有一個金屬搖酒器、一個攪拌器、一小瓶杜松子酒、一瓶蘇打水、咖啡粉、一片乾檸檬、一根乾薰衣草、鋼冰塊和一張如何事先準備好咖啡和冰塊的説明書。酒會開始前，我按照指示將咖啡和冰塊加入了雞尾酒杯，將其端到書房，然後坐在熒幕前等着酒會開始。一段簡短的開場白結束後，一位調酒師出現在熒幕中，與會者便跟着他一步步調製雞尾酒。説實話，看着自己一直出現在熒幕裏感覺非常彆扭，而且我不知如何看到其他參加者，我只是在開場的時候看到熒幕中出現了他們的頭像，但頭像都非常小，就像被關在一個個小方盒子裏。調酒結束後，我們又參加了一個關於香港特色的搶答遊戲，不過我總是反應太慢，又不太熟悉如何按鍵盤回答，所以我的「成績」不佳。

　　這樣的活動形式確實新穎，但又讓人覺得有點不自在。這之後我又受邀參加第二場活動，那場活動中嘉賓學習製作香港奶茶。主辦當局寄來的茶具非常可愛，就像是「煮飯仔」玩具一樣。我覺得參加這些活動最開心的部分就是收到這些頗具特色的禮包了，而且我可以不用外出，舒舒服服地坐在冷氣房裏享用美酒香茶。但不得不說，視像會議還是讓人很難和其他參加者交流，我也能想像得到對那些每天只能通過視像上課、見不到同學的學生來說，這一切有多麼不容易。

　　母親的八十大壽，我們也通過 Zoom 為她慶祝。我們事先沒告訴母親，從沒用過 Zoom 的她看到視像中的我們自然驚喜萬分。我的姐姐是主持人，其他人則輪流發表祝詞。見到她在新喀里多尼亞（New Caledonia）的表親、在洛杉磯的大女兒、在華盛頓的孫女、在香港的我、我的先生和兒子，以及她在法國各地的親戚，母親非常激動。我們讚嘆技術帶來的便利，讓我們在特殊時期都能體會天涯共此時的溫馨。

我的手機時光

4

限制社交距離，
更珍惜相處時光，

在這段不能出外旅遊的日子，給了香港人重新
認識香港的機會。

社交限制的好與壞

「社交距離」對很多人來說都是一個新名詞，保持社交距離還得靠自律。同時，戴口罩、減少不必要的外出、保持個人衞生、減少聚餐都是疫情期間我們必須做的。這樣一來，我們似乎生活在一個個氣泡中，只和少數人接觸，幾乎與世隔絕。不少國家很難保持社交距離，於是大家集思廣益產生了不少創意。比如新加坡採用機械狗來提醒人們保持距離；一些菲律賓人扮成《星球大戰》(*Star War*) 的人物，敦促人們減少外出；印尼的義工穿着鬼怪裝來恫嚇不守規矩的人。

在香港，人們可以在政府網站追蹤疫情走向，在網站地圖上不僅可以看到哪裏是有風險的區域，而且連有確診病例的建築物也會被標示出來。一旦某些地區的食店或鄰近有確診病例，人們會自然避免去該處，減少機會染疫。儘管如此，我還是覺得生活在香港很幸運，至少沒有完全

限制出外走動。法國實行了幾輪封鎖和宵禁，期間人們得憑安全證明才能離開居所。很難想像大家如何適應這樣的生活。那些在前線工作的人則不得不外出工作，但想必他們也會像其他人一樣害怕病毒。病毒不斷變種，誰想到兩年之後的 Omicron 病株迅速攻陷香港，確診案例每日攀升，政府甚至曾考慮實施全城封鎖及禁足措施來進行全民強制核酸檢測，雖然暫時仍未實行。

聽說許多人開始養寵物，一方面因為疫情居家希望有個伴，另一方面也可以借遛狗外出呼吸一下新鮮空氣，稍作鍛煉，街上的警察通常會寬待遛狗之人。但遺憾的是，封鎖一結束，估計許多人會遺棄寵物。我也在疫情間養寵物，家中的貓兒在困難時期為我帶來了不可或缺的歡笑和娛樂，即使疫情結束，我絕不會遺棄牠。

別出門，多保重

疫情減少了出門會友的機會，卻增加了和家人相處的時間。朋友都說他們有更多時間陪伴父母，兄弟姐妹間的關係似乎更親近了。老人家能恆常見到子女當然很高興，跟他們吃飯，還幫忙做家務。我也是如此，法國第一輪封

禁時，我的親戚輪番和我通話。那時大家對這一陌生的病毒充滿恐懼，大家常常以文字資訊提醒彼此「別出門，多保重」。為了共度難關，法國許多地方舉行網上 Happy Hour 見面，並約好每晚八點在陽台高歌，致謝醫務人員。很多人都期盼着每晚這一段娛樂時光，雖然短暫，卻也能讓人暫時忘卻疫情帶來的壓抑。香港有組織曾在 2020 年 4 月 3 日舉辦大型活動向醫務人員致謝。

在香港絕大部分人都小心謹慎。在假日香港的外傭通常會外出聚集，聊天野餐，但現在他們只是幾人一組地聚會，有些在帳篷裏，有些則用紙板將自己和鄰近的人隔離。地上隨處可見提醒人們保持距離的告示貼紙。但很多地方，比如尖沙咀鐘樓一帶，上班日人跡渺渺，卻還貼了很多 1.5 米社交距離的告示，似乎多此一舉。反而是擠滿了上班一族的港鐵和巴士裏，人們更應該注意距離，但卻又很難做到。更難做到保持社交距離的時候是聖誕和新年假期期間，這麼重要的節日，人們怎能不和家人共度呢！此外，不能出外度假也讓許多人難以接受。比如在法國，夏天去海邊、冬天去滑雪早已是多年傳統，疫情中斷了人們長久以來的習慣，讓很多人感到鬱悶。但在香港清明、重陽等傳統節日，在公眾地方的人流管制則相對容易，人們可以三五一羣，依舊掃墓祭祖。

　　新冠感染病例時多時少，限制社交的措施便時緊時鬆。雖説無視防疫規定會受到處罰，但大家都渴望與人交流，很難每分每秒都遵守規則。2020 年復活節長假，海邊擠滿了人，而且很多人不戴口罩，讓人氣憤。2022 年 3 月政府更圍封泳灘。對防疫措施不管不顧的大有人在，實在很難做到連續沒有新增病例。想想那些靠呼吸機生存的老人，那些因疫情無法按時參加考試的學生，如果大家掉以輕心，之前所有抗疫的付出都會前功盡廢。2020 佛誕日，許多人都像以往一樣到長洲過節，但長洲上的飄色巡遊和搶包山活動都取消了。香港在這之前連續幾天沒有新增病例，大家都倍感輕鬆。我不知道眾人在佛誕日湧入離島是否要向佛祖祈求疫情結束，但似乎佛祖沒有聽到禱告。兩年以後的佛誕日，疫情依然影響着我們的生活。雖然人們以各種方式祈願，比如在車公廟和黃大仙廟燒香，但神明可以驅散瘟疫，為我們消除現今的新冠病毒嗎？

　　當疫情變得更嚴峻，防疫措施便更嚴厲。為了減少風險，老人院和醫院都限制家人探望，長者和有長期病患者就更感孤獨，病童的情況亦如此。社工都無法前去探望。2020 年 8 月，香港建立了第一所臨時的方艙醫院，容納輕症病患者，緩解本地醫院病牀緊缺的壓力。之前我還

不曾意識到限制社交，會為特殊羣組的人帶來的傷害有多大，直到一位朋友住進復康中心，我才深切明白。聽到她每星期只能在規定時間接見兩名訪客，每次會面最多一小時，我很為她難過。幸好後來她住進一家療養院，可以安排與家人朋友作視像探訪，這對那些沒有數碼設備的院友來說是很大的安慰，我也感嘆多虧現代科技，在特殊時期我們依然可以用特殊的方式見到彼此。

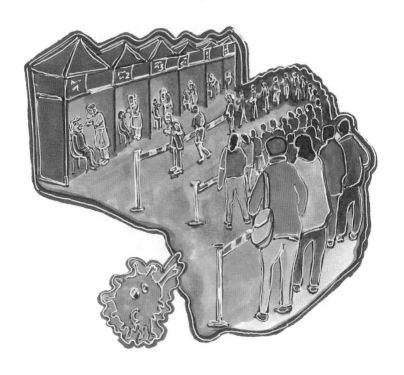

臨時檢測中心排隊人龍很嚇人，但大家都耐心等候。

手要消毒，用腳開門

疫情改變了長久以來的社交方式，人們見面不再握手，只是揮揮手。對於親朋好友，我們不再擁抱，也不能像從前那樣親吻面頰。大家見面有時會笑着碰碰手肘，然後馬上回到 1.5 米的社交距離之外。有人則採用泰式問候，雙手合十，微微鞠躬。這些都是如今的「新常態」，但我相信疫情結束之後，我們依然會以從前熟悉的方式來打招呼。除了減少和人的接觸，很多人儘量不去觸碰公共場所的各種按鈕、紙類，當然還包括現金。疫情以來，很多人選擇無現金的支付方式。我雖然一直使用八達通卡，但在街市購物則依然得用現金。

疫情初期，我記得有一次在餐廳吃飯，我搭放在椅背的外套滑落到地上，一位附近的食客幫我撿起來，我卻沒有如常的心懷感激之意，只是輕聲說道謝。心裏擔心萬一他帶有病毒，那我的外套會沾上嗎？病毒會存在很久嗎？

那時我甚至想抖抖未清洗的衣服會不會把病毒都甩到空氣中。我實在太緊張了。當年 SARS 病毒曾透過家居渠管傳播，新冠病毒也一樣。很多人感到恐慌，即使大家都戴上口罩也不想跟陌生人講話。但許多人依然渴望與他人接觸，我在網上看到一則新聞，一對住在三藩市的夫妻突發奇想，穿上充氣服裝來擁抱，這樣既保持一定距離，又可以感受到那份久違的溫暖。他倆還穿着獨角獸和恐龍裝，手牽手到處逛。

疫情中我們似乎變成了「衞生狂人」。我每次回家第一件事就是脫鞋，似乎覺得鞋底已經黏上外面的病毒飛沫。然後立即洗手、更衣、用酒精擦拭手機。我還經常清潔電腦鍵盤和滑鼠。由於太頻繁地使用消毒液，手上的皺紋加深，看着就像蘿蔔乾一樣。我想賣護手霜的公司應該會很開心吧。很多人乘搭自動扶手梯時不願意握扶手，雖然廣播一直提醒為了安全請抓緊扶手。疫情初期很多人會用紙巾抓住港鐵或巴士裏的扶手，但慢慢地人們知道車輛會被定期消毒，而且這種消毒液足以殺死冠狀病毒，大家坐車便沒那麼緊張了。不得不説，港鐵和公共交通不但乾淨，而且車門自動打開，不像許多國家，乘客得按車門上的按鈕來開門。我坐車則是儘量不去握扶手，這倒是可

以幫助我練習平衡身體，但很多時候車都會顛簸，我很難站穩。

香港只要發現病例，確診者所住的公寓大廈、到過的地方都會進行消毒。疫情爆發不到兩個月，市面上便有了聲稱能完全殺死新冠病毒的消毒噴霧，科學家的速度實在令人嘆服。我常用這些噴霧替門把和櫥櫃消毒。據稱這種消毒劑有效力長達數月，但為了讓自己更安心，我沒有等幾個月就會再消毒，就怕哪個角落哪寸地方遺漏，而讓病毒有機可乘。類似的消毒液還用在學校、商場、醫院、飛機和汽車等。許多地方，比如購物商場，還採用機械人消毒。當我第一次看到這種邊走邊往地上噴水霧的傢伙經過，我馬上拿起手機拍照。2020 年的中學文憑考試期間，香港一所中學採用了機械人。那台機械人不但可以分發潔手液，替考生量體溫，還能説幾句鼓勵的話。如此能幹的機械人，自然成了熱門新聞。消毒圖書館書籍或一些口罩，使用的是紫外線，我看到新聞報導説曾有義工到劏房用紫外線替住戶消毒。

公共廁所裏貼着告示要求大家使用後蓋上馬桶蓋才沖水。電動乾手機因為被認為容易傳播病毒而停止使用，大家認為用紙巾擦手比較衞生。在法國，如今又可見到抹

手巾卷筒，之前人們認為這種可重複使用的抹手巾卷筒既過時又不衛生，取而代之的是電動乾手機，但是疫情改變了人們的看法。大家不但覺得抹手巾比乾手機更衛生，而且還環保。許多人都隨身帶着潔手液，有些就將其掛在提包上。超市收銀台旁邊的貨架從前都是擺放着糖果、巧克力等老少皆愛的零食，現在則讓位給消毒產品和口罩。其實我懷疑那些免洗的潔手液是否具有如其宣稱的 24 小時防菌威力，而且它們對皮膚的損傷應該不少。許多公共場所，比如餐廳、商店、學校門口都提供消毒搓手液。店舖會提醒顧客進門之前先消毒雙手。許多服務櫃台前都裝上了透明的塑膠隔板，我記得有一家賣藝術用品和文具的商店將整個收銀台用透明簾子遮起來，但超市的收銀台卻沒有採取此種防護措施。

聽說病毒可以在塑膠、不鏽鋼等物體表面存活長達 72 小時，所以我都是隔着紙巾去拿鑰匙或者觸摸 ATM 機器的熒幕。為了盡可能減少接觸物體，我會用腳開門，用手機的邊角去按升降機。曾在網上看到有人用筷子、打火機甚至牙籤去按升降機電按鈕，真是無奇不有。我常去的大埔墟街市停車場的升降機可以通過無需觸碰的控制板來操作，但我還是選擇走樓梯，畢竟從停車場到地面只有

一層。如果是去看牙醫，則要爬 15 層樓，我當然做不到。很多人認為疫情期間乘升降機不安全而選擇走樓梯，有些人看到電梯人多，寧願等下一趟，在爭分奪秒的香港，這些場景疫情前並不常見。

新穎的按升降機方法

抗疫「新常態」

　　疫情讓我的生活節奏變慢不少。初期我很少出門，最多在校園散步。數月之後，我才增多外出次數。雖說我們已經習慣了各種防疫措施，但依然擔心與人近距離接觸會有風險，一旦和病例有密切接觸，就得強制隔離。我認為擺脫疫情終究得靠有效藥物和疫苗。

　　最初搬到新界時，我還抱怨生活不方便，但現在覺得遠離市區不失為一件好事。2020 年我有了很多時間親近大自然，放鬆身心，唯一令人不悅的就是看見被丟棄在山徑上的口罩。在校園散步時，可以觀賞林蔭路上的樹葉，看它們從深紅變成橘棕，在初冬的冷風中蕭蕭落下。冬去春來，枯木立刻又點綴上了新芽。然後夾竹桃盛開，含笑花的香味瀰漫在空氣中。日子再暖些就能聽見噪鵑啼鳴，青蛙聒噪，以及野豬和豹貓求偶的呼喚。我在大埔已經住了七年，之前居然沒有留意蛙聲一片時竟會如此響亮，如

此長久。我記得五月初夏,有整整兩天時間蛙聲不絕於耳。後來過了交配季節,蛙叫聲停了,但我似乎已經習慣該「奏鳴曲」,幾乎沒意識到它何時停止。

或許因為疫情期間航班銳減,空氣也變好,傍晚能看見藍天粉霞相映成趣,印象中好久沒見過如此亮麗的天色了。日子在月亮圓缺中度過,直到窗外的樹葉再次變紅,又是一年過去了,人們都期待在虎年能萬象更新。

疫情初期,我極少出門,感覺自己像個膽顫的新兵,覺得門外就是危險的戰場。但三個月之後,我實在難以忍受足不出戶的憋屈。2020 年 5 月,香港每日的感染病例很少,生活才漸漸回歸「正常」。我接到電台節目編輯的採訪邀約,請我在一個以外國聽眾為主的節目裏談談香港的街市。我很有興趣和大家聊聊香港街市,而且終於可以出門了,我很高興。但另一方面我有些猶豫,採訪地點就在大埔街市,人一定很多。我猶疑着要不要穿一件泡泡裝,我不是説像易破的肥皂泡,而是像玩具扭蛋一般,把自己都包裹起來。或者我可以像許多去主題公園的內地遊客那樣,戴上氣球帽子來保持社交距離,但説實話,那種帽子給周圍的人帶來的不便多過本來的作用。或許我可以在頭上放一隻蜥蜴,就像南丫島的蜥蜴伯伯頭頂蜥蜴

出門，但我想這樣會嚇到路人吧。當然我最終只是戴了口罩、消毒水和紙巾。

採訪過程中我不能戴口罩，否則聲音聽不清楚，我當然覺得這有些危險，但還是興致勃勃地向聽眾介紹香港的街市。那裏除了不能販賣野味外，應有盡有，也可以買到活禽活魚。檔販不時為蔬果灑水保鮮，魚販從魚缸裏撈魚，魚還在活蹦亂跳，常常跳到地上，所以街市的地面常年濕滑，因此得名「濕貨市場」。從前我的婆婆怕我摔倒不讓我逛濕貨市場，但我的讀者應該知道我有多麼鍾意那裏。

檢測之後又檢測

我最擔心自己一旦被確認為新冠病例密切接觸者，便將被送去政府指定的隔離中心。香港在疫情初期一共有三個檢疫隔離中心，分別位於竹篙灣、西貢和鯉魚門。隔離中心當然不會像普通酒店那樣舒適。當我得知往返中環、榕樹灣渡輪上的船長確診感染，三名船員初步檢測陽性時，我頗為緊張。因為此前幾天，我和仁曾乘搭該渡輪前往南丫島。雖然我們並未和船員接觸，但我擔心萬一病毒通過船上的通風系統散佈到空氣中。為了讓自己安心，仁

和我決定預約一次核酸檢測。我們到達檢測中心時，前面只有四個人在排隊，檢測是以咽喉和鼻腔合併拭子的採樣方法進行，整個過程不到 15 分鐘，而且未有太多不適，只是我的鼻子癢了一陣。第二天早上檢測結果以短訊發送到手機，看到我倆都是陰性以後，都鬆了口氣。我在報章上讀到現在有種測試儀器，像咖啡機一般大小，只需把裝有樣本的膠囊放入儀器，45 分鐘之內便有結果。隨着科學進步，相信會有更多更快捷的儀器問世，但難道往後的日常是每家必備一台快速測試儀，每人每天都須做快篩測試嗎？

結果在疫情發生兩年多後，快速測試包已成為我們生活的一部分，藥房外人們一度排起長隊來購買。它只需 20 分鐘之內就能得出檢測結果。我不敢想像每天有多少人焦急地等待測試結果，希望只有 "C" 區會顯示一條線。不幸地香港第五波疫情時有太多人感染，他們的檢測盒同時在 "T" 區顯出一條線。

雖然和確診病例密切接觸的可能性不大，但我們很難知道誰是無症狀感染者或「隱形傳播者」。自從醫學界告知新冠會通過無症狀感染者傳播以後，這場沒有硝煙的戰爭似乎更加艱難。一旦某住宅大廈裏發現多宗病例或污水

拜託只給我一條線好了！

檢測呈陽性，全幢大廈的居民都會被隔離封鎖，進行大規模檢測，在初期這種篩查通常都是在半夜進行。我的一些朋友早早已收拾好行李，就是怕猝不及防地被送去隔離。除了隨身衣物，他們還準備了即食麵，甚至廚具和電飯煲，當然還有一件應該算是最重要的東西——Wi-Fi 蛋。我沒有這種無線上網設備，而且我們住在獨立房子，不用擔心和其他人有密切接觸，但要是真的被送去隔離，我首先想到的是帶上我的畫筆和畫冊。我在想那些帶上廚具食物的人除了希望自己在隔離時期也能健康飲食外，或許還因為烹飪能讓人忘卻封閉的抑鬱吧。

有時我早晨起牀會覺得喉嚨乾痛，在疫情之前，不過就是喝杯熱水來緩解。但現在當然會擔心自己是否感染新冠。我有一次腹痛嘔吐，非常擔心自己受感染。但因為沒有發燒，才想到可能是幾天前吃的三文魚不衞生而引發腸胃炎，幸好第二天我便康復了。

進入各種場所的限制

疫情出現一年之後，我才第一次外出看展覽。以前隨時可以出門看展覽的日子似乎一去不返了。當時到了香港

藝術博物館入口處，我必須用「安心出行」App 掃場所的 QR 碼，或是填寫一份內含詳細個人聯繫資訊的表格。進館之後，通往展覽廳的走廊上擺放了消毒搓手液，我趕緊消毒雙手。其實去看展覽之前我已吃過午餐，洗了好幾次手，一路上沒有接觸甚麼，但為了安全還是謹慎點。我接着往前走到了體溫測量區，這裏用的是熱感檢測，2003 年 SARS 期間機場都用這種儀器測量旅客的體溫。我們比較熟悉的是那種貌似手槍的體溫測量器，測量時對準額頭或者手腕（香港教育大學便採用此設備）。另一種則是商店、餐廳較常採用的，顧客揮揮手就可檢測體溫。香港藝術博物館使用的設備只需要經過該區域便完成，非常快捷。體溫量完了，我以為檢查結束，原來還得將隨身包放入安檢設備，才能走到售票窗口。

文化活動只能逐步開展。2021 年香港藝術節期間，我去欣賞香港中樂團在香港文化中心的演奏，當然演出得遵照所有防疫措施。入場時得掃描二維碼，通過自動測量體溫儀。為遵守最大 50% 客容量的規定，音樂廳內許多座位都被擋住，入座率只有一半。指揮家和演奏者都戴着酒紅色的口罩，與他們的中式衣着相配。管樂吹奏者不用戴口罩，但有透明隔板將他們互相隔開。中場休息也取消

了，為了防止聽眾在其間近距離交談而增加感染率。半年之後，我再次去聽音樂會，雖然當時依然有各種限制，但最高容許的入座率提升至 85%，並且可以有一次中場休息。大廳裏售賣飲品小吃的流動攤位依然不見了，但不遠處有一家小餐廳開放，聽眾可以買些飲料。疫情之前，有大量海外音樂家來香港地區演奏，現在外遊多有限制或顧慮，本土音樂家因此獲得更多表演機會。

2021 年 6 月，電影院終於恢復營業，大熒幕所提供的視覺享受真是電視無法比擬的。恢復初期我還是比較擔心，所以我們預定了早場電影。碰巧我們想看的電影會在 VIP 影院放映，票價比普通影院貴，但早場票有些折扣。貴賓廳座椅寬敞，和鄰座相隔較遠。觀眾都戴了口罩，影院內禁止飲食。後來我們又在普通影院看了幾場電影，觀眾之間必須留有空座。不久以後，影院的容許入座率提高，幾乎滿座，無法保持要求的 1.5 米距離，幸好大家都仍然必須戴口罩。

至此，我已經不太害怕外出。香港的街道似乎恢復了往日的熙熙攘攘，唯一的不同是因為隨時要掃碼進入各種場所，大家時時刻刻都握着手機。如果我的祖父仍在世，他一定無法理解手機這件比一板巧克力還小的玩意，怎麼

影院內的早場。

有着「芝麻開門」般的魔力。手機於我的重要性，就如同祖父當年那把 Opinel 摺疊刀。他是郵遞員，每天騎車 40公里為村裏住戶送信。中途他便用小刀切麵包和煙肉充飢，他說任何刀都不如他那把刀好用。家裏人都說他其實從來不用其他刀，哪怕是去餐廳吃飯，也只用自己的刀，刀鈍了，便親手打磨。

不知這種戴口罩、量體溫、掃二維碼的生活會持續至何時，我似乎也已經習慣了這種「新常規」。只是我每次離開某場所老是忘記輸入離開時間，系統一般會默認入場後的四小時為離場時間。聽說或許在不久的將來，系統能自動識別離場時間，技術發展的速度確實驚人。

疫情以來，我們一直寄望疫苗和藥物的出現，讓病人可以治癒，讓大家的生活回到常態。全世界的科學家都在爭分奪秒地研發疫苗，於是一年以後便有疫苗問世。但有不少反對疫苗之人，認為這一切都是陰謀。當第一批數以百萬計的疫苗運抵香港時，港府兩名高官親自到機場「接機」。由於太多香港居民在網上預約注射疫苗，網站一度癱瘓。我的一位朋友在網上等了 94 分鐘才登記成功。香港當時有兩種可用疫苗，大部分香港人未對疫苗心存疑慮，而是抱着「有得打便打」的心態，有些人認為「混打」

也無妨。我當然希望這種「雞尾酒」式的打法能有效，但依然覺得羣體免疫似乎難以實現。

有疫苗可用以後，催促人們打疫苗的各種措施開始實行，比如許多場所入場時需要提供接種證明。我們可以將接種證明上傳到政府提供的「智方便」（iAM Smart）應用程式，入場時給店員檢查。我第一次在酒吧使用這種功能時，要在手機上開啟許多 Apps，才找到上傳的接種證明，自己差點就想放棄了。後來我將接種證明上傳到電子錢包，現在更可把針卡加入「安心出行」。雖然我們或許已經變得過度依賴科技，但能將針卡電子化，確實比隨時拿着一張紙本證明方便。但疫苗也非一勞永逸的萬能藥，不久之後，變種病毒陸續出現。一開始人們以病毒的發現地來為變種病毒命名，但這種方法會為那些國家帶來負面影響，於是大家開始用希臘字母命名。比如傳染性極高的 "Delta" 病毒。還有 Mu 病毒，世衞組織將其指定為「令人關注」的病毒。在變種病毒不斷出現的情況之下，人類還有可能根除新冠病毒嗎？

重新認識香港

我本來計劃 2020 年 2 月回法國里昂探親，但因疫情把行程推遲到 5 月，猜想屆時疫情應該已經結束。誰知道臨行前一個月接到航班取消的通知。那時，主要是意大利和日本疫情比較嚴重，屬於紅色預警級別（沒多久全世界多國都被列入紅色級別），各地出境入境都必須做核酸檢測。出國的人的確減少了，但仍有人需要飛到其他地方。我以往總認為只要自己尚有體力應付長途飛行，買好機票，一年回法國兩次探望母親都不成問題，卻沒料到一種病毒可以讓本來理所當然的事情變得遙不可及。

疫情初期，香港過境到內地的檢查站大部分都關閉，只餘三處開放。許多旅居海外或正在度假的港人趁着新的隔離規定生效之前趕緊回香港和家人團聚，他們都認為香港的醫療條件較好。我從電視上看到許多從英國回港過復活節假期的香港留學生，走出香港機場時依然穿着保護

衣，戴着手套、面罩，看着就如科幻片裏的人物。有些學生說在十幾個小時的飛行中沒有上過一次廁所。我覺得自己應該無法做到如此全副武裝，不吃不喝。儘管作出如此防護工夫，還是有人在到達以後被檢測出受感染，於是大家開始談論輸入病例個案。

記得 2003 年 SARS 結束後我回法國，機組人員在起飛前用消毒水噴灑機艙一遍，彷彿旅客都是蟑螂似的，讓我很不舒服。如今抵達香港的人員都得經過核酸檢測，每人都得戴着電子追蹤手環，該手環和政府的「居安抗疫」流動應用程式連接。有些人不遵守隔離規定，外出購物，手環會送出警告訊息，這些正在隔離的人擅自離家的行為自然引起民眾不滿。一些從高風險地區返回的港人，出境之後便由身穿保護衣的醫務人員陪同前往火炭的檢疫隔離中心。後來所有抵港旅客都必須在自選酒店隔離，再後來酒店範圍縮小至政府指定的隔離酒店，費用由旅客自付。當然，這些指定的隔離酒店房租價格高低不等，旅客可根據自己的經濟條件選擇。

我在網上看到一名記者記錄了她如何靠着樂觀的心態度過孤獨的隔離期，我對她充滿敬意。還有一位有兩個孩子的媽媽在隔離時期多了獨處時間可思考人生，嘗試了

許多之前無暇嘗試的事情。不少人為自己訂下目標，如一位做三項鐵人訓練的男士，每天從狹小房間的一端跑到另一端，來回 5 公里，踏單車 40 公里。雖然他略過了游泳的環節，但這樣的毅力着實令人佩服。

不能外遊的日子

疫情幾乎讓我失去了旅行的興致。除了需要隔離，還要穿上厚重的保護衣，甚至紙內褲來避免在旅途中上廁所，我實在接受不了。此外，航班「熔斷機制」也是不得不考慮的風險。新聞時常報導，某航班因為有乘客測出新冠病毒呈陽性而不得不停飛。外出旅遊可能面臨在外地無法及時拿到核酸測試結果的困境，那只能改訂回港的航班。別忘了旅行中還有可能感染新冠的危機呢。所以安全為重，我取消了所有旅遊計劃。我無法像許多人那樣，疫情期間依然到處旅遊，哪怕落地得隔離 14 天甚至 21 天。除非有非常重要的原因，否則我會等到疫情稍停，尤其是法國情況好轉，回港不用隔離時，才會考慮出國。我當然非常想念遠在法國的母親，也會問自己不願冒險回法國探親是不是太自私。但像我一樣不能與親人團聚而內疚自責

的人其實不少，比如我家的傭人已兩年沒有見到她的孩子了，她需有多強韌的堅持和耐性，才能堅持繼續在香港工作啊！

疫情在香港出現幾個月後，很多人按捺不住對旅行的熱忱，於是「假裝旅行」這全新概念很快便流行起來。「無目的地飛行旅程」（flight to nowhere）吸引大量支持客，飛機會在空中繞圈，不會落到任何地點，再回到登機地點，讓乘客享受空中的旅程。當時香港快運航空推出100 張 90 分鐘「環港遊」機票，在 30 分鐘內售罄。即使是如此短暫的飛行體驗，乘客也得如平常一樣經歷所有安檢流程，但這些並沒消減香港人對旅遊的渴望。但我在想，這樣的飛行其實對環境的破壞是很大的。繼「無目的地飛行旅程」之後，「無目的地郵輪旅程」又出現了。我很難想像在船上飄飄盪盪不靠岸好幾天有何樂趣，但這種「seacation」的船票居然也是很快被搶購一空。我不禁想起於 2020 年在日本橫濱港被隔離的鑽石公主號郵輪和被困船上的香港人，許多乘客的新冠測試被驗出為陽性，最後由三班包機送回香港地區的隔離中心。或許他們當中很多人再也不想坐郵輪旅行了吧？

　　疫情雖未結束，但香港政府開始和其他旅行目的地商討推出「旅遊氣泡」（travel bubble）計劃，讓一些疫情較緩和的國家或地區聯結成「氣泡」，在氣泡內有限制地互相開放旅遊，氣泡內的旅客不用接受強制檢疫。這名稱讓我想起小時候用肥皂水吹出的泡泡，五光十色但輕柔易破，此「旅遊氣泡」在疫情下會否同樣不堪一擊？香港地區和新加坡原計劃在 2020 年 11 月實行首個「旅遊氣泡」計劃，最後因疫情反覆而中止。兩地後來計劃推出第二輪計劃，同樣因疫情告吹。之後，「旅遊氣泡」一詞被「旅遊走廊」（travel corridor）取代，多指接受已全面接種疫苗人士免隔離檢疫入境。後者聽起來確實比氣泡「扎實」。想來也是諷刺，這個世界上的億萬富豪已經有了移民另一星球的計劃，而普通人要離開自己的居住地卻那麼艱難，我們乾脆戴上 VR 眼鏡，雲遊遠方算了。

旅遊氣泡

無目的地飛行旅程

探索香港的魅力

不過 flycation 也好，seacation 也好，能去的地方還是很少。但這也給了香港人重新認識香港的機會。雖然香港面積只有 1,106 平方公里，但其實可看的地方不少。本土旅遊業抓住機會極力推廣本土人文風景。有些人要求簡單，比如坐在雙層巴士的上層，沿路欣賞中環到赤柱的街景，就是一次令他們滿意的旅行了。另一些會依賴旅遊公司組織，參加旅行團或是為他們量身訂做的遊覽行程。連之前一些非常不起眼的小漁村都被納入推廣範圍。來港這麼多年，我不敢說自己遊盡香港各處，所以現在我都把自己當成遊客來體驗香港。我計劃坐昂坪纜車去看大佛，我從未試過乘纜車登山；去塔門看那些鬼斧神工的岩石；到大澳看海邊的棚屋，大澳漁村真是百看不厭的。然而這些地方遊人如鯽，加上夏季已至，天氣酷熱，我的計劃變成了在空調房間裏看電影。

許多人為了體驗不一樣的生活甚至和別人交換房子。年輕人更想盡法子不讓自己「虛度時光」，例如到海邊露營，或是攀岩等。雖然在帳篷裏伴着星光入睡很浪漫，但這早已不是我所嚮往的，租一輛房車或度假屋也很難打動

我和仁，我能想像他睡覺前不得不到處打蚊子的情景。我較喜歡找間酒店舒適地住幾天，疫情期間有很多酒店為吸引本地居民推出不少折扣優惠，誰能想到 staycation 會如此受歡迎。即使某些酒店出現了感染病例，許多香港人依然願意繼續在熟悉的城市裏「度假」。

根據自己的經濟能力，有些人組織私人遊艇派對，有人則租一艘帆船一日遊。更多人是搭乘公共交通去海邊燒烤，一下車大家匆忙趕去沙灘搶佔理想的燒烤位置。如果自駕則需要很早出發，晚了很難找到停車位。大家都想在戶外活動，假日的行山路徑通常都很擠擁。一些喜歡寧靜的人則會到更遠的地方觀鳥，當然他們也得有足夠的耐心。我的一位朋友將自己拍到的雀鳥照片發到社交媒體，我才知道原來香港有這麼多雀鳥的品種。疫情期間因為許多地方租金下降，因而出現了一些新的娛樂設施，比如中環有一家新公園可放映電影，人們可以一邊小酌一邊觀影。還有一些新開的主題博物館和室內遊樂場，孩子可以有更多地方玩耍。港鐵開通新路線時，許多人排隊去試乘。太平山山頂纜車在停運整修前，許多人排隊乘坐尾班車。會議展覽中心舉行的月球土壤展覽，也吸引了不少人。

總之人們在這段不能出外旅遊的日子裏，都想盡方法探索香港。當然香港人對賽馬的熱忱一點都沒有減退，現場觀賽的人數被迫減少，疫情高峯期更不准許進場，場外投注站也曾停業，但買馬之人依然可以在網上投注。至於每年端午節的龍舟比賽，無法舉行，卻另有一所商場舉行室內龍舟賽。比賽從水上轉到陸地，規模縮小了，龍舟還裝上輪子，可以在地上滑動。我沒有去觀賽，但我猜想「陸地」龍舟應該會有些滑稽吧。

　　大部分香港人都遵守防疫規定，減少不必要的外出，但依然有些人不怕與別人近距離接觸，甚至可拉近至像舞伴之間跳舞時一樣親密。許多先生太太繼續去上多人參加的舞蹈班，或者舉辦卡拉 OK 派對。民眾對此很不滿，責怪這些人造成了 2020 年 11 月香港第四波疫情。當我得知因一場舞蹈課出現了羣體感染病例，才知道原來跳舞在香港這麼受歡迎。我不太理解這些「聚餐的女士」是對疫情的嚴重程度一無所知，還是不願意宅在家裏而冒險聚集？

第五波疫情

正當我們以為本地疫情就此受控,自 2021 年 12 月香港的確診個案卻突然急劇增長,像許多地區或國家兩年前一樣被病毒席捲。

防疫措施中的一個漏洞,和一個違反限聚令的生日派對,就讓全城陷入了自疫情發生以來最危急的境地。我們因那些心存僥倖、自以為是、不遵守防疫措施的人而吃盡苦頭,其中還不乏一些公眾人物。他們一邊呼籲市民減少社交聚會,另一邊非但沒有以身作則,還在社區已見爆發跡象時舉辦超過百人的生日聚會,高歌熱舞,着實令人震驚。過去四次疫情爆發都有涉及大大小小的「跳舞羣組」,即使當時疫情未算嚴峻得令人驚怕,但人們也應從中汲取足夠教訓,不應再行事輕率。幾週後,農曆新年慶祝活動更為疫情火上加油。人們互相走訪拜年,與家人相聚,到黃大仙廟和車公廟等上香祈福。我在電視上看見善信摩肩

接踵，儘管每人都戴着口罩，但我心知大規模爆發將無可避免。不過如今計較孰是孰非並無意義，畢竟人們彼此祝福、拜神祈求，不外乎是希望疫情下的健康平安。我們現在應該做好的是自我防護，積極應對疫情。

這波由高傳染性變種病毒帶來的疫情令香港醫療系統瀕臨崩潰，政府不得不向中國內地請求援助，幫助興建本地社區隔離設施，調派醫療團隊和設備，以及護理人員來港照顧老年確診患者。

疫情告急，坊間謠言紛紛。全城禁足的消息一出，人們旋即到超市及藥房搶購必需品和藥物。事態發展的不確定性令每個人惶恐不安。全民核酸檢測會否推行？檢測為陽性或不幸被傳染後該如何處理？尤其是有年幼子女的家長，對需要被送到隔離中心更倍感擔憂。我想到我的貓兒，若牠中了新冠，將被送往何處？

我們正在經歷艱難的疫情，但不比戰時，因為現在食物還算充足，孩子也不會被砲彈的聲音嚇到。我沒有避走香港的計劃，中國內地提供的物資支援能緩解人們的緊張焦慮，大家沒必要在超市排隊搶購白米和廁紙。保持積極的心態一如既往地重要，我相信人們能從不同的活動中找到慰藉，例如烹飪和烘焙，我則會繼續畫畫。而且許多香

港人都慷慨解囊，還獻出時間幫助弱勢羣體。有了這些社會上的愛心和關懷，以及中國內地多方的幫助，只要團結一心，定能戰勝疫情，早日回歸正常生活。

同時戴上兩個口罩，令人汗如雨下。

結語

疫情讓我們更堅毅地生活

2020 年無疑是人類沒有預想到的艱難一年，我們都在期盼有疫苗或藥物儘快出現，結束這場全球疫情。2021年感謝各國的科學家，疫苗終於面世，然而病毒不停變種，再次打擊人們恢復往昔生活的希望。時隔兩年多，我們依然被疫情所困，依然在祈禱它會在不久的未來結束。

疫情打亂了人們的生活，香港無論是經濟還是社會的元氣都被消磨，至此，香港已有幾千人因病毒逝世。許多人失業，許多行業比如酒店、零售、旅遊和航空業等經歷寒冬，但另外一些行業比如電商、送遞服務等興隆起來。大部分文化生活中斷。雖然疫情期間有幾天出現食物緊缺，人們有些恐慌，但這和戰爭時期的糧食短缺是不能相提並論的。在教育方面，對於許多家庭經濟條件有限、無電腦設備上網課的學生來說，疫情無疑凸顯了教育資源分配的不均。

疫情之下固然充滿挑戰，但我們只能安慰自己，振作起來，至少在生活節奏被迫變慢以後，多了時間去思考和反思我們的生活方式，同時珍惜我們所擁有的事物。香港人在抗疫時展現的眾志成城讓人感動，而大家也在盡其所能地適應「新常態」，作出改變去面對現實環境。儘管外出就餐、社交以及旅行都受到限制，但仍有網絡和社交媒體可以讓人們保持聯繫，了解彼此近況。以往覺得必然的事，應當更加珍惜。我跟許多人一樣，現在會花更多時間與外地的親人通電話，使用手機的時間也因此越來越長，這個超現實世界能填補我無法與千里之外的親人朋友相聚的失落，得到一些安慰。即使我知道自己可能會上癮，依舊很難放下手機。

有些人持續鍛煉身體，提升廚藝，有些人增磅，視力下降，這些都是疫情衍生的影響。「旅行」也被賦予了新的意義，沒法乘飛機作長途旅行，大家改用雙腿來探尋香港的自然風景。遠程辦公和線上會議替代了以往的通勤上班和公務行程。每個人都繼續戴口罩，勤洗手。不知道疫情結束後，我們是否仍會如此嚴格地遵照這些衛生準則，也不知未來我們是否要定期接種疫苗，自我檢測會否成為每天出門前的例行環節。但可以肯定的是，智能手機已成

為進入任何場所的通行證，用於展示我們的「健康」狀況。

　　疫情也讓我們更堅毅地生活，同時更熟悉如何尋找辦法，靈活應變。就我而言，規律的生活讓我能保持活躍的心態和理智（這一點非常重要！）。我曾一度認為自己的應對表現已經可以登上「領獎台」，直到有個年輕人告訴我，有一則網絡迷因（meme）說只有那些在疫情下仍然可以維持「正常生活」的人，即沒有結婚或離婚、生小孩和領養寵物，才算表現合格。剛巧我家迎來一位新成員：一隻兩個月大的可愛小貓，遺憾地我要與獎牌擦肩而過了！幸好照顧寵物和畫畫令我每一天都過得十分充實，這也是一份難得的獎勵。

　　誰也無法預測疫情何時結束，本書寫至結尾，我仍然保持警惕，以毅力和韌力繼續與疫情共處。但我相信，終有一天我們會以某種方式擺脫它，像過去那樣可以見到路人的笑臉，可跟親友自由擁抱，親吻面頰。

　　最後，我衷心祝願所有讀者在疫情常態化下都能找到積極的應對方法，保持身心健康。

感謝醫護人員及其他無名英雄的付出。

鳴 謝

感謝法國駐香港澳門總領事官明遠先生（Mr. Alexandre Giorgini）和香港教育大學呂大樂教授，繼 2019 年《鬼妹港街市》後，再次為我的著作寫序言。我感到非常榮幸，並衷心感激。

感謝我的朋友，尤其是黃麗貞小姐（Jeanie）和鄧可婷小姐（Teresa），為本書修正，給我建議及鼓勵。

感謝鄭少芳小姐（Doreen），為準備這本書的書稿出了不少力。

感謝湯曉沙小姐，以生動的文字將我的英文書稿翻譯為中文。

感謝香港商務印書館對我的信任，為我出版「鬼妹」系列的第三本書。

最後，我要感謝我的丈夫，感謝他一直對我的支持和鼓勵。